김희진

2007년《세계일보》신춘문예에 단편소설「혀」가 당선되며
작품 활동을 시작했다. 장편소설『고양이 호텔』,『옷의 시간들』,
『양파의 습관』과 소설집『육조』가 있다.

KB105915

두
방문객

오늘의 젊은 작가 22

두

방문객

김희진
장편소설

민음사

손경애

열두 시간 만에 드레스덴의 여름을 벗어났다. 드레스덴에서 기차를 타고 프랑크푸르트 공항으로 이동한 시간까지 더하면 열여섯 시간 만이었다.

나는 바퀴 하나가 빠져 버린 캐리어를 끌고 입국장으로 들어섰다. 캐리어 바퀴는 독일행 비행기에 오르기 전부터 시원찮은 상태였다. 갈라지고 부서진 그 바퀴가 어디서 완전히 빠져 버린 것인지는 기억나지 않았다. 캐리어의 불균형을 알아챈 게 프랑크푸르트 공항으로 향하던 기차 안이었으니 어쩌면 드레스덴의 거리 어디쯤일 것이다.

바퀴 하나를 잃은 사륜 캐리어는 끌고 다니기에 영 불편했다. 걸음을 멈춰 세우면 삐딱하게 기울어지기 일쑤였고, 기울어지지 않게끔 신경을 쓰다 보니 팔에는 힘이 두 배로 들어갔다. 하필이면 안쪽 바퀴가 사라지는 바람에 바퀴 두 개를 이용한 이동조차 불가능한 상황이었다. 그걸 보면서 문득, 모서리가 네 개인 사물들에게 넷이란 반드시 지켜져야 할 숫자라는 생각이 들었다.

공항 밖으로 나오자 온몸이 지글지글 녹아내렸다. 지독하게 습한 폭염이었다. 눈에 보이는 아스팔트 너머마다 아지랑이가 피어올랐다.

선글라스를 꺼내 쓰고 장기 주차장 쪽으로 걸어갔다. 숨이 금세 턱밑까지 차오르더니 목덜미와 겨드랑이에 땀이 들어차기 시작했다. 이것 때문에 아들과 나는 독일의 우아한 여름을 좋아했다. 습하지 않아서 그냥 견디게 되는 독일의 여름에는 늘 겸손함이 느껴졌다. 밤 10시가 되어 가도 낮이 살아 있는 독일의 여름밤. 그래서 의도치 않게 오래오래 책을 읽게 되고 마는 독일의 도시들. 이번에도 마찬가지로 나는, 드레스덴에 2주 가까이 머무르는 동안 내내 책만 읽었다. 레지던스의 침대에 누워, 혹은 노천카페의 의자에 앉아. 그런 내 모습을 지켜보던 남편이 이렇게 말하지 않았다면 아마 지금쯤 나는 남편 일행을 따라 여기보다 더 더운 아프리카로 향했을 것이다.

"당신은 여기까지 와서 책만 읽다 갈 거야? 그 버릇은 영영 못 고칠 모양이지."

남편의 그 말은 내게, 어린 아들과 함께한 수십 번의 독일 여행을 떠올리게 했다. 아니, 독일 여행 중에 맞이해야 했던 아들의 생일과, 독일에서 생일을 맞이할 때마다 아들이 불만스레 털어놓았던 말을 떠올리게 했다. "엄마는 여기까지 와서 책만 읽다 갈 거야? 오늘 내 생일인 거 잊었어?" 놀란 나는 읽고 있던 책을 덮고는 남편에게 한국 시간으로 내일이 며칠이냐고 물었다.

"8월 11일." 남편이 휴대폰으로 날짜를 확인하고는 대답했다.

"미쳤나 봐. 아들 생일을 깜빡하는 에미라니." 나는 곧바로 침대에서 일어났다. "가 봐야겠어요."

"지금?"

"나 짐 싸는 동안 당신이 비행기표 좀 알아봐 줄래요?"

"여보, 여보, 정신 차려. 여기 독일이야. 서울이 아니라고." 남편은 황당해하는 표정이었다.

나는 머리부터 매만졌다. "그러니까 당장 움직여야죠."

"그럼 아프리카는 어떡하고?" 남편이 양쪽 어깨를 들어올리며 양미간을 찌푸렸다. 못마땅한 것이었다.

"거긴 처음부터 내키지 않았어. 나 더운 데 싫어하는 거 알면서." 좀 미안하기도 해서 남편을 위하는 척 이렇게 덧붙였다. "그리고 당신 직원들도 내가 없어야 더 편하게 움직일 거예요."

나는 그 길로 당장 캐리어에 짐을 싸 들고 한국행 비행기에 올랐다. 휴가를 빙자한 남편의 출장을 애초에 따라나서는 게 아니었다.

장기 주차장에 주차된 자동차 위에는 2주간의 먼지가 쌓여 있었다. 나는 차 트렁크에 캐리어를 싣고 양평으로 향했다. 차 안에 갇혀 있던 살인적인 열기가 에어컨 바람에 차츰 옅어져 갔다. 그런데 저 캐리어를 어떡하면 좋을지 모르겠다. 바퀴 하나 빠진 것 말고는 아직 멀쩡한 녀석이라 버리기엔 좀 아까웠다.

권세현

수연이의 입에서는 계속해서 콧노래가 흘러나왔다. 그녀의 기분이 잔뜩 들떠 있는 데에는 다 이유가 있었다.

"우리 얼마 만에 같이 떠나 보는 거지?" 잠깐 콧노래를 멈춘 그녀가 나에게 물었다.

"한 10년 됐지? 나 유학 가기 전이었으니까."

"그러고 보면 우리 참 많이 싸돌아다녔어. 그치?"

스물다섯 살까지만 해도 그녀와 나의 여름은 해외 어디쯤으로 옮겨 가곤 했었다. 옛날 생각에 내 입에서는 피식, 웃음이 나왔다. 그녀가 왜 웃느냐고 묻자 이렇게 말했다. "그땐 어렸고, 백수였으니까."

"맞아. 그땐 철도 없었어." 지난날들이 생각났는지 그녀도 나를 따라 피식 웃었다. "부모 잘 만난 줄도 모르고 여기저기 많이 까불고 다녔으니까."

일본 유학을 마치고 내 이름의 이니셜이 들어간 건축 사무소를 차리고 난 뒤부터 나는 그녀와의 여름휴가를 차츰 잊어 갔다. 바쁘고 초조한 날들이었다. '내 손으로 차린 사무소, 최소한 내 손으로 문 닫게 하지는 말자.'라는 신념으로 버텨 낸 지난 10년이었다. 그 각오 덕분인지 몰라도 사무소의 규모는 매년 예상보다 커 나갔고, 건축 설계에만 머물러 있던 영역은 어느새 조경과 인테리어를 아우르는 분야로까지 확대되었다. 앞으로 운만 잘 따라준다면 건축을 기반으로 한 도시 계획과 도시 재생을 넘어, 내 오랜 꿈이기도 한 '도시·공간 디자인 그룹'을 만들어 낼 수 있을지도 몰랐다. 여기서 중요한 것은, 오늘에 이르는 동안 곁에 있어 준 사람이 내 오래된 연인, 정수연이라는 사실이었다.

그녀가 운전 중인 내 오른쪽 손을 자기 쪽으로 바짝 끌어당겨 깍지를 끼었다.

"세현이 네 손은 땀이 안 나서 좋아." 그녀가 기분 좋은 웃음을 지었다. 위험하다는 말에도 그녀는 더 세게 깍지를 끼었다. "근데 무슨 바람이 분 거야? 어른이 된다는 건 여름휴가를 잊어버리는 거라고 그랬었잖아."

"10년간 정신없이 달려 왔으니까 나도 좀 쉬어야지." 나는 잠깐 고개를 돌려 그녀의 눈치를 살폈다.

"어딘지는 끝까지 말 안 해 줄 거야?" 그녀의 끈질긴 질문이 또 이어질 모양이었다. 휴가지에 대해 그녀는 아직 모르고 있었다.

"멀지 않은 곳."

"멀지 않은 데다 수영복을 챙겨 가야 하는 곳이라면 일본 아니면 동남아 쪽인데⋯⋯." 그녀가 정답을 확신하듯 바로 외쳤다. "오키나와!"

"아니."

"그럼 세부? 파타야?"

나는 입을 다문 채 고개를 가로저었다. 그녀의 상상은 여전히 동남아 쪽을 헤매는 중이었다.

"우리가 안 가 본 데가 어디지? 보라카인가?" 그녀는 내 표정 변화로 정답을 알아내기 위해 힐끔힐끔 나를 훔쳐봤다.

나는 계속해서 고개를 가로저었다. 그녀가 깍지 낀 손을 풀더니 차 안을 뒤지기 시작했다. 글로브 박스와 콘솔 박스를 열어 보고는 운전석 쪽 선바이저를 뒤집어 살폈다. 비행기표를 찾는 것이었다. 그녀가 의아해하는 표정으로 "어딨어, 비행기표는?" 하고 물어 왔다.

"없어."

"농담하지 마. 나 안 속아."

"진짜 없다니까."

"나 여권도 챙겨 왔단 말이야." 그녀의 눈빛이 '그러니까 빨리 아니라고 말해줘.'라고 강조하고 있었다.

"내가 언제 여권 챙겨 오라 했던가?"

"아무튼 뭐, 서프라이즈 같으니까 내가 좀만 속아 준다." 점점 깊어져 가는 그녀의 확증 편향이었다.

"진짜 없다니까 그러네. 국내인데 비행기표가 있을 리 없잖아?"

"뭐?" 내내 설레어 있던 그녀의 양쪽 어깨가 시무룩하게 내려앉았다. "그럼 수영복은 왜 챙겨 오랬는데?" 그녀가 따지듯 물었다.

"꼭 해외로 나가야 수영복이 필요한가?"

"동해구나. 속초? 해운대? 하, 난 사람 많은 덴 싫은데……." 그녀의 표정이 실망스럽게 변해 갔다.

"걱정 마. 사람 없는 데니까."

저 멀리 백화점이 보였다. 와인은 집에서 출발하기 전에 챙겨 온 터라 케이크만 있으면 되었다. 나는 잠시 차를 세워 놓고 백화점으로 들어가 르타오 치즈 케이크 하나를 사 들고 나왔다. 그녀의 무릎 위에 작은 케이크 상자와 종이봉투를 내려놓고 다시 차를 출발시켰다. 그녀가 웬 케이크냐고 물었지만 나는 아무런 대답을 하지 않았다.

케이크에 딸려 온 종이봉투 안에는 두 개의 폭죽과 아홉 개의 케이크 초가 들어 있었다. 그녀가 고개를 까딱여 가며 서른여섯 살에 해당하는 큰 초와 작은 초의 개수를 세어 나갔다. 그러고는 케이크 상자를 열었다. 여름이라 치즈 케이크는 은박 보냉팩에 포장돼 있었다. 그녀가 보냉팩을 열어 나뭇결무늬의 원통형 상자를 끄집어냈다.

"어? 난 르타오는 녹차 맛 좋아하는데……." 그녀가 실망스러워하는 목소리로 말했다.

"말차도 사 오려고 그랬는데, 그건 가을 한정 메뉴라 아직 안 판대서."

그녀가 케이크를 다시 케이크 상자 안으로 밀어 넣었다. 북두칠성이 새겨진 그녀의 반지가 케이크 상자 위에서 반짝거렸다. 아주아주 작은 일곱 개의 다이아몬드가 박힌 반지였다.

어느새 내 남청색 자동차는 서울을 벗어나고 있었다.

손경애

2주간 쌓인 우편물은 많기도 했다. 공과금 청구서나 다이렉트 메일일 게 뻔한데 일일이 확인할 필요는 없었다.

나는 우편함에 꽂혀 있는 우편물을 꺼내 들고 대문과 마당을 잇는 완만한 경사로로 들어섰다. 바퀴 하나를 잃은 캐리어는 끝까지 말썽이었고, 수그러들 줄 모르는 폭염은 내 뒤를 캐느라 여전히 분주하게 움직이는 중이었다.

집이란 비워 둔 만큼 먼지든 뭐든 쌓이는 곳인지, 마당의 3분의 1을 차지하고 있는 수영장 안에는 죽은 하루살이들이 둥둥 떠다니고 있었다. 하루살이들의 시체는 선베드와 시멘트 바닥 곳곳에도 떨어져 있었다. 오늘 해야 할 일이 많을 듯했다.

집 안으로 들어서자마자 거실 커튼부터 열어젖혔다. 나는 피곤에 지쳐 앓는 소리를 해 대며 일단 소파에 드러누웠다. 가죽 소파에 내려앉아 있던 먼지들이 공중으로 부유하는 게 보였다. 햇살이 비치는 곳곳마다 먼지들이 반짝반짝 빛났다.

"니들도 예쁜 짓을 할 줄 아는구나." 먼지도 아름다울 수 있다는 걸 60 평생에 처음 안 기분이었다.

그대로 잠간 눈 좀 붙이려는데 휴대폰이 울렸다. 통화 버튼을 눌렀다. 한국에 잘 도착했는지 묻는 남편의 전화였다.

— 방금 집에 들어왔어요. 당신은?

— 우리도 아프리카에 잘 도착했어. 독일에 있다 와서 그런지 여긴 더 덥게 느껴지네.

— 한국도 폭염이야. 아무튼 잘 찍고 와요. 아참, 늦어도 다음 주 15일엔 들어와야 하는 거 알고 있죠? 아들 생일은 잊어도 그날은 잊으면 안 되잖아.

— 알지. 그럼 그때 보자고.

남편은 국내에서 알아주는 CF 감독이었다. 짧은 조감독 생활을 끝내고 어린 나이에 광고 하나로 세상을 들썩이게 만든 이력의 소유자이기도 했다. 성공적인 감독 데뷔 이후 남편에게는 굵직한 광고 제의가 들어왔고, 기대에 부응이라도 하듯 연이어 쏟아 낸 남편의 히트작은 지금의 '보다더'라는 광고 프로덕션을 있게 했다. 남편은 23년째 그 프로덕션에서 대표 겸 감독으로 일하고 있었다.

직업이 직업인지라 남편은 해외 출장이 잦았다. 그렇다고 내가 매번 눈치 없이 남편의 광고 촬영지를 따라다닌 것은 아니었다. 여름 휴가철에 맞춰 촬영을 독일로 떠나는 경우에 한해서만 남편을 따라나서곤 했으니 고작 세 번이 전부였다. 남편은 내가 독일에서 지내는 여름을 얼마나 좋아하는지 잘 알고 있었다. 이번에 나를 독일행 비행기에 태운 것도 남편의 "직원들하고 휴가차 가는 거니까 같이 가지."라는 재촉의 말이 아니라 "당신, 독일에서 지내는 여름 좋아하잖아."라는 당위의 말이었다. 그 말이, 잠시 잊고 지내야 했던 독일을 다시 그리워하게 만든 것이었다.

독일에 두고 온 내 20대의 끝을 생각하면 괜히 눈물이 났다. 아들 때문이기도 했고, 독일의 여름 때문이기도 했다.

남편과 나는 대학 선후배로 만나 부부가 되었다. 서양 미술을 전공한 남편과 독일 문학을 전공한 내가 대학 졸업에 앞서 결혼식부터 올려야 했던 이유는 세 번째 잠자리에서 생겨 버린 아들 때문이었다. 아들은, 남편과 내가 대학을 졸업하던 해에 태어났다. 그러니까 8월 11일, 오늘이었다. 그때 당시엔 몰랐지만, 지금 생각해 보면 스물일곱의 남편과 스물넷의 나는 부모가 되기엔 참으로 어렸었다. 그렇게 어린 부부가 등에 한 살배기 아들을 업고 독일 유학길에 오른 것이었다. 젊어서 용감했고 몰라서 용감했던 시절이었다. 지금 같으면 누가 등 떠민대도 못할 짓들이었다.

눈 좀 붙이려던 생각은 남편의 전화로 이내 사라지고 만다. 사실 할 일이 산더미라 이러고 있을 시간은 없었다. 캐리어의 짐도 정리해야 하고, 독일에 가 있는 동안 펫호텔에 맡겨 둔 강아지 두 마리와 고양이 두 마리도 데려와야 했다. 생일 케이크는 녀석들 데려오는 길에 사 오면 되고, 와인이야 집에 항상 있는 것이니 따로 사 올 필요는 없었다.

나는 소파에서 일어나 욕실로 들어가 샤워부터 했다. 폭염에 찌든 몸이 상쾌해졌다. 맨살에 샤워 가운만 걸치고 3층으로 올라갔다. 젖은 머리를 말리기 위해서였다. 3층은 양쪽 창문을 열어 두면 한여름에도 시원한 맞바람이 들어오는 곳이었다. 바람은 저 너머 양쪽 숲에서 만들어지는 거라고 아들은 말했다. 양평에, 그것도 이 터에 집을 지은 것은 정말 잘한 일 같았다.

커튼과 창문을 열고 소파에 앉았다. 머리를 싸맨 수건을 풀자 폭염을 힐난하는 듯한 바람이 젖은 머리카락을 건드리며 지나갔다. 샤워를 하고 난 뒤라 그런지 잠이 솔솔 쏟아졌다. 머리만 말리고 아래층으로 내려가려던 나는 그대로 소파에 누워 버렸다. 모로 웅크린 몸이 금세 잠에 빠져들었다.

귓가를 스치는, 한낮의 바람 소리가 좋았다. 무거워진 눈꺼풀이 스르르 내려왔다.

정수연

손에 케이크 상자를 들고 그의 차에서 내려섰다. 나는 여전히 어리둥절한 상태였다. 세현이가 차 트렁크를 열어 각자의 캐리어를 끄집어냈다. 도대체 이런 곳에서 무슨 여름휴가를 보내겠다는 것인지 이해할 수 없었다.

우리가 도착한 곳은 양평의 한 고급 주택가였다. 한남동에 살던 그의 부모님이 양평으로 이사했다는 소리는 듣지 못했으니 그의 부모님을 찾아온 것은 아니었다. 그럼 그의 별장인가 했지만, 세현이네 세컨드하우스는 양평이 아닌 가평에 있었다.

"펜션이라도 빌린 거야?" 내가 물었다. 아직 희망을 버리지 못한 탓이었다.

"아니." 그가 목덜미에서 흘러내린 땀을 닦아 내며 힐끔 내 눈치를 살폈다.

그가 자신의 캐리어를 길바닥에 눕혔다. 캐리어를 열어 옷가지 사이를 헤집는 손길이 왠지 조심스러워 보였다. 무엇을 꺼내려나 했더니 그의 손에 딸려 나온 것은 박스 포장도 안 된 와인이었다. 치즈 케이크와 와인. 그러고 보니 오늘은 8월 11일이었다. 뭔가 짚이는 구석이 생겨 곧장 대문 가까이 다가갔다. 우편물을 통해 내 짐작이 맞는지 미리 확인하고 싶었지만 아쉽게도 우편함은 텅 비어 있었다. 다행히 대문 한쪽 귀퉁이에 걸린 문패가 보였다. 세련된 금속판 위에 네 개의 이름이 새겨져 있었다. 나는 그 이름들을 소리 내어 읽어 나갔다.

"유남준, 손경애, 유상운, 유상희."

상운 씨 집이 맞았다. 왜 그렇게 휴가지에 대해 함구하고 있었는지 이제야 알 것 같았다. 미리 알았더라면 나는 결코 그를 따라오지 않았을 테니까.

두 개의 캐리어를 끌고 대문 가까이 다가온 그가 "보시다시피 손이 두 개뿐이라 그런데 이 와인 좀 들어 줄래?"라고 말하고는 와인을 내 앞으로 들이밀었다. 도대체 그는 무슨 생각으로 상운 씨 집에서 여름휴가를 보내겠다고 한 것일까. 그것도 나와 함께 말이다. 그건 그렇고, 상운 씨 부모님으로부터 허락은 받은 걸까? 허락을 받았으니 나까지 끌고 왔을 테지만, 아무튼 여러 가지로 좀 이상했다.

"대체 무슨 꿍꿍이야?" 와인을 넘겨받으며 그에게 물었다.

"오늘 상운이 생일이잖아." 그의 당연하다는 듯한 말투가 더 기가 막혔다.

"너 아주 돌았구나?"

"우린 친구였어."

"네 친구였지."

"수연이 너, 어른들한테 잘하잖아."

"내가 왜 상운 씨 부모한테 잘해야 하는데? 내 결혼 상대는 너야." 어처구니가 없어 고개만 절레절레 흔들었다.

"여기 수영장 딸린 집이라 어떤 휴양지 못지않아." 이제야 그의 얼굴에 미안해하는 표정이 보였다. "너 수영하는 거 엄청 좋아하잖아. 뭐, 상운이도 마찬가지였지만. 아, 상운이네 수영장, 꽤 크고 좋다?" 그가 그 말끝에 잠깐 헛웃음을 지었다.

"그렇다고 바다만큼 클까." 나는 조금 쌀쌀맞게 대꾸했다.

"바다는 들어갔다 나오면 꿉꿉하기만 하고, 사실 별로잖아." 애쓰는 그의 모양새가 이제는 짠해지기까지 했다.

"너 지금 나 설득하는 방법 되게 유치한 거 알아?"

"응." 너무 발 빠른 시인이었다.

나는 깊은 한숨을 내쉬었다. 그는 내 한숨이 무엇을 의미하는지 잘 알고 있었다. 그것은 알겠다는 내 무언의 의사 표현이었다. 그와 나는 서로에 대해 너무 잘 알아서 딱히 많은 말을 하지 않고도 의사소통이 가능할 때가 많았다. 물론 그렇기 때문에 자신의 감정과 생각을 숨길 수 없다는 불편한 점도 없지 않아 있었다. 하지만 그것이 바로, 스무 살 이래로 이어져 온 인연의 편리함인지도 몰랐다. 눈빛과 행동 하나로 간파되는 서로의 속마음이란 언제나 쉽게 드러날 수밖에 없었고, 그만큼 우리는 서로에게 투명했다.

그가 초인종을 누르려고 대문 가까이 다가갔다. 괜한 염려에 내가 물었다. "근데 우리 온다는 거 알고 계셔?"

"아마도."

"아마도라니?"

"답장을 받지 못했으니까."

"그건 또 무슨 소리야?" 나는 일부러 눈살을 과하게 찌푸렸다.

　열흘 전에 그는 상운 씨 부모님 앞으로 손편지를 보냈다. 편지의 내용은 상운 씨 생일에 맞춰 양평 집을 방문하겠다는 것이었다. 그리고 허락만 해 주신다면 여자 친구랑 같이 닷새 정도 그 집에서 휴가를 보내고 싶은데 가능하겠느냐고 여쭤봤다고 했다. 내가 듣기엔 예의를 벗어난 뜬금없는 편지라 헛웃음만 나왔다.

　"정말로 그렇게 써 보냈다는 거야?"

　"응." 그가 천진난만하게 고개를 끄덕였다.

　"너 진짜 미쳤구나?" 나는 이 일련의 상황들이 어이없기만 했다.

　"싫으시면 답장 보내 달라고 썼어. 대신에 답장 없으면 허락의 의미로 알겠다고도 썼고." 그가 자신의 양쪽 어깨를 으쓱해 보이고는 덧붙였다. "그리고 난 답장을 받지 못했으니까. 설명 충분하지?" 그가 초인종을 눌렀다.

　나는 왠지 께름칙했다. 그런데 죽은 사람의 생일을 챙기는 일이 무슨 의미가 있는 걸까. 안에서 반응이 없자 그가 초인종을 한 번 더 눌렀다.

손경애

초인종 소리에 잠에서 깼다. 잠든 사이에 젖은 머리는 포슬 포슬 다 말라 있었다.

소파에서 일어나 발코니로 나갔다. 이 집은 마당의 지대가 대문과 담장보다 높아서 밖이 잘 내다보이는 구조였다. 3층에 서 내려다볼 경우에는 방문객의 어깨까지도 보였다.

집 앞에는 낯선 차 한 대가 주차돼 있었고, 그 차의 주인인 듯 보이는 두 젊은 남녀가 대문 앞을 서성대고 있었다.

더 자세한 확인을 위해 인터폰 모니터에 화면을 띄웠다. 처 음 보는 얼굴들이었다. 다각도 모양의 이모티콘을 누르자 두 방문객의 전신 화면과 후방 화면이 차례대로 떴다. 양손에 캐 리어를 든 남자 뒤에는 여자가 서 있었고, 그 여자의 양손에 는 케이크 상자와 와인이 들려 있었다. 아무래도 상운이를 찾 아온 손님이지 싶었다. 그런데 죽은 아들의 생일을 기억하고 있을 만한 사람이란 대체 누굴까. 사실 죽은 사람에게 생일 은 별 의미 없는 것이었다. 에미인 나나 가슴 아파서 챙길 일 이지 산 사람에게 죽은 자는 그저 죽은 날짜로만 기억될 뿐 이었다. 그게 아니라면 저들은 아직 상운이의 죽음을 모르고 있는 것인지도 몰랐다.

갑자기 가슴이 철렁, 내려앉았다. 아들의 죽음을 설명해야 할지도 모른다는 생각 때문이었디. 나는 수화기 모양의 이모 티콘을 눌렀다. 그리고 긴장된 목소리로 "누구세요?" 하고 물었다.

"안녕하세요, 어머니. 일전에 편지드렸던 권세현이라고 합니다." 예의 바른 목소리였다.

그런데 편지라니? 게다가 권세현이란 이름은 들어 본 적도 없었다. 집을 잘못 찾아온 게 분명했다.

"집을 잘못 찾아오신 듯한데요." 나는 인터폰 모니터에 손가락을 가져다 댔다. 화면 속 남자애 얼굴을 확대해 보아도 역시나 처음 보는 얼굴이었다.

"여기 유상운 씨 댁 아닌가요?" 남자애가 의아해하는 어조로 다시 물었다.

"맞아요. 맞는데……."

아들을 찾는 사람의 목소리 치고는 너무 밝다는 생각이 들었다. 상운이의 죽음을 모르고 있다는 반증이었다. 나는 일단 대문을 열어 주고 곧장 아래층으로 내려갔다. 샤워 가운 안에 아무것도 걸치지 않았다는 걸 뒤늦게 깨닫고는 드레스룸으로 들어가 속옷과 겉옷을 챙겨 입었다. 손가락빗으로 머리카락을 대충 쓸어 넘기며 마당으로 나가 두 방문객을 맞았다. 다시 봐도 낯선 얼굴들이었다. 남자애가 먼저 나를 향해 인사를 건넸다.

"안녕하세요, 어머니. 일전에 편지드렸던 권세현이라고 합니다." 남자애가 자기 뒤에 서 있는 여자애를 가리켰다. "그리고 이쪽은 그때 말한 제 여자 친구 정수연이라고 하고요."

도대체 무슨 편지를 말하는 걸까. 그리고 여자애가 들고 있는 케이크와 와인은 그렇다 쳐도, 남자애가 들고 있는 저 두 개의 짐 가방은 뭐란 말인가.

여자애가 나를 향해 가볍게 고개를 숙여 인사를 건넸다. 그런데 여자애의 표정이 약간 뾰로통해 보였다. 날씨 때문에 짜증이 난 모양이었다. 아무튼 모르는 건 모르는 것이기에 나는 이렇게 물어야 했다. "근데 누구?"

"아, 제 편지 못 받으셨어요 어머니?" 남자애의 한쪽 눈썹이 의문스레 올라갔다.

"편지라니, 무슨?"

"이 집으로 편지 보내 드렸었는데……."

그제서야 아까 우편함에 뭉텅이로 꽂혀 있던 우편물들이 생각났다. "아, 가만…… 보낸 지 얼마나 됐죠?"

"한 열흘 전쯤요."

무슨 일이 어떻게 꼬여 버린 것인지 대충 알 것 같았다. 폭염 아래에 계속 세워 둘 수 없어서 그들을 우선 집 안으로 들였다. 여자애가 수영장 안에 떠다니는 하루살이 시체들을 보고는 콧잔등을 찌푸렸다. 변명이든 해명이든 해야 할 듯싶어서 여자애를 향해 이렇게 말했다. "집을 오래 비워 놔서⋯⋯."

여자애가 그런 뜻이 아니었다는 표정을 지어 보이고는 흘러내린 긴 머리카락을 귀 뒤로 쓸어 넘겼다.

그들을 소파에 앉히자마자 나는, 아까 커피 테이블 위에 아무렇게나 부려 놓은 우편물을 하나하나 확인했다. 과연 공과금 청구서와 다이렉트 메일 사이에 남자애가 보냈다는 손편지가 끼워져 있었다. 뜯기지조차 않은 자신의 편지를 보고 남자애가 옅은 탄식을 뱉어 냈다. 그런 남자애를 여자애가 곁눈질로 쏘아봤다. '무슨 일을 이따위로 하는 거야!'라고 남자애를 혼이라도 내는 것 같았다. 나는 괜스레 미안해져 얼른 봉투를 열어 편지를 꺼내 펼쳤다. 단정하게 써 내려간, 한 장짜리 자필 편지였다.

상운이 부모님께

안녕하세요. 저는 상운이 친구 권세현이라고 합니다. 요즘 세상에 웬 손편지냐고 하실지 몰라 내내 망설였지만, 손편지야말로 그나마 예의를 갖춘 인사 방법이라는 생각에 이렇게 편지를 올리게 되었습니다.

상운이가 그렇게 가고 3년이 흘렀습니다. 아직 자식 노릇밖에 못해 본 제가 아들을 떠나보낸 부모님 마음을 어찌 헤아릴 수 있겠습니까. 그럼에도 불구하고, 그동안 어떻게 지내셨는지 여쭤보지 않을 수가 없습니다. 잘 지내셨는지요……. 사실, 어떻게 지내셨는지 여쭤보는 것조차 조심스러울 만큼, 상운이의 죽음은 우리에게 허망 그 자체였습니다. 모두에게 필요한 존재였고, 앞으로 할 일 또한 많았던 친구였기에, 상운이의 죽음을 생각하면 안타깝고 또 안타깝기만 합니다. 친구인 저도 그러한데, 두 분은 어떠셨을지 감히 가늠조차 되지 않습니다.

제가 두 분께 편지를 드리게 된 이유는, 어느 날 갑자기 떠오른 상운이의 그 빈자리 때문이었습니다. 상운이의 빈자리를 생각하다 보니 상운이의 부모님이 떠올랐고, 두 분을 생각하다 보니 결국 떠오른 것은 저희 부모님이었습니다. 부끄럽고 이기적이게도 저는, 같은 일을 겪었을 저희 부모님을 상상하고 나서야 비로소 두 분의 슬픔을 이해하게 된 것입니다. 많이 늦었지만 지금이라도 두 분께 위로를 전하고픈 생각이 들었습니다. 그런데 펜을 들고 몇 자 적어 나가다 보니, 고작 편지 한 장으로는 안 되겠다는 생각이 들더군요.

그러니까 제가 드리고 싶은 말씀은, 갑작스럽고 뜬금없는 줄 알지만, 이번 상운이 생일에 맞춰 양평에 있는 두 분 댁을 방문할까 합니다. 다른 뜻이 있어서가 아니라, 절친했던 친구로서 상운이의 빈자리를 며칠간 채워 드리고 싶어서요. 일종의 아들 노릇이라고 할까요……. 물론 상운이를 대신할 수 없다는 거 잘 압니다만,

허락만 해 주신다면 시늉이라도 하고 싶습니다. 아니, 그동안 그 친구한테 진 신세를 갚기 위해서라도 저는 그래야겠습니다!

혹, 저의 방문이 탐탁지 않으시면 이 주소로 회신을 보내 주십시오. 답장을 주지 않으시면 허락의 의미로 알고 그날 — 상운이 생일날 — 찾아뵙도록 하겠습니다. 아참, 그날 제 여자 친구와 같이 찾아뵐 예정인데 괜찮을는지요. 닷새 정도 두 분과 함께 휴가를 보내고 싶습니다. 휴가 끝날 즈음이면 그 친구 3주기이기도 하니까요.

양평 집에 있는 수영장이 아주 멋지다고 들었습니다. 답장 안 주시길 바라며…….

상운이 친구, 권세현 드림.

다 정리되었다고 생각한 감정이 편지 한 장으로 무너지고 말았다. 나는 감정을 추스르기 위해 두어 번 헛기침을 했다. 붉어진 눈시울을 드러내지 않으려고 애를 써 봤지만 역시 생각처럼 잘 되지 않았다.

편지를 접어 봉투에 넣었다. 편지를 다 읽고 나서야 남자애가 끌고 온 짐 가방이 이해가 되었다. 하지만 처음 보는 얼굴들이라 받아들이기가 좀 망설여졌다. 그렇다고 내보내자니 그것도 미안한 일이었다. 편지를 제때 받지 못한 내 책임도 있는 데다, 짐까지 챙겨 온 수고를 모른 체할 수가 없었다. 무엇보다 나는 그들의 여름휴가를 망치고 싶지 않았다. 더군다나 아들의 친구라잖은가. 그게 아니더라도, 저리 예쁜 마음 씀씀이를 어떻게 뿌리칠 수 있겠는가. 그래 이렇게 말했다. "늦었지만 답장은 안 보낸 걸로 할게요."

"정말요?" 여자애의 눈치를 살피던 남자애의 얼굴이 그제서야 밝아졌다.

그보다 먼저 나는 그들에게, 남편의 휴가를 빙자한 출장과, 그 출장을 따라나선 배경에 대해 설명했다. 오늘 독일에서 돌아왔다는 사실과, 그래서 편지를 받지 못한 내 부재를 해명해야 할 필요를 느꼈기 때문이었다.

"상운이 생일이 아니었으면 다 어그러질 뻔했네요. 그죠?" 다행스러운 웃음을 지어 보인 뒤에 덧붙였다. "아, 상운이 아버지는 사나흘 후에나 돌아올 거예요."

그 말에 여자애의 표정이 한결 편안해졌다. 남자애가 잠깐 꾸물대다 물었다. "어머니 혹시 그럼, 열흘 전에 편지 받으셨다면 저희들 여기 오는 거 허락하셨을까요?"

"이미 벌어진 일에 만약이란 건 없어요." 내 대답은 내가 듣기에도 단호하게 들렸다.

남자애가 땀범벅인 자신의 목덜미를 만지작대며 민망하다는 듯 말했다. "아, 그렇죠. 상운이 어머니다우시네요."

"우리 상운이가 어땠는데요?" 괜한 호기심에 남자애에게 물었다.

"맺고 끊는 게 확실한 친구잖아요. 아닌 건 아닌 거고, 뭐 그런……."

"맞아요. 그런 아이였죠." 나는 아주 잠깐 아들에 관한 상념에 빠져들었다.

"어머니, 저 잠깐 실례 좀 할게요." 긴장이 풀렸는지 남자애가 화장실 좀 쓰겠다며 소파에서 일어났다.

화장실 위치를 알려 주려는데 남자애가 어떻게 알고는 화장실을 제대로 찾아갔다. 그래 묻지 않을 수가 없었다. "화장실이 거긴지는 어떻게 알았어요?"

남자애가 화장실 문고리를 잡고 서서 대답했다. "이 집 설계한 사람이 저였으니까요." 그러고는 쑥스러운 듯 목덜미를 긁적였다.

"네?"

"제 첫 작품이었어요, 이 집. 사무소 차리고 처음으로 들어온 일거리가 이 집 설계였거든요."

내 맘에 쏙 드는, 이 미니멀한 집을 설계해 준 사람이 저 남자애였다니. 내친김에 남자애에게 또 물었다. "그럼 혹시, 이 부지를 알아봐 준 것도?"

"네, 저였어요. 일본 유학할 때 풍수지리 공부를 좀 했었거든요. 어떤 사람한텐 미신일지 몰라도, 건축 설계를 하다 보면 그런 거 영 무시 못 하거든요. 그리고 어머니, 말씀 낮춰 주세요. 아들이나 마찬가진데요." 남자애가 입가에 미소를 머금고는 화장실로 들어갔다.

평창동 집을 팔고 양평이나 판교 같은 곳에 집을 짓기로 한 후, 그 일련의 일을 도맡아 한 사람은 아들이었다. 그 당시 남편과 딸애는 해외 출장과 미국 유학으로 한국에 있는 날이 별로 없었고, 하필 그때 나는 다리를 다쳐 깁스를 한 상태라 잘 돌아다니질 못했기 때문이었다. 다행히 병원 일로 바쁜 와중에도 불구하고 아들은 그 일을 혼자서 잘도 해냈다. 부지 선정부터 집이 완공될 때까지 잡음 하나 없었다. 아들의 찡그린 얼굴 또한 본 적이 없어서 속으로 역시 내 아들이다 싶었다. 그런데 완벽하다고 여겨 온 그 일이 오로지 아들 혼자 해낸 일만은 아니었던 모양이다. 하긴, 꼬맹이들 병이나 고칠 줄 아는 녀석이 좋은 집터가 무엇인지 알 리가 없었다. 그런데 아들은 왜 저 친구에 대한 얘기를 나한테 한 번도 하지 않았을까. 게다가 절친이라면 분명 아들 장례식에 왔을 텐데, 나는 저 남자애를 본 기억이 없었다. 발인 때의 장면을 떠올려 봐도 마찬가지였다. 물론, 깊은 슬픔에 잠겨 있느라 봐 놓고도 기억에 없을 수 있었다. 생때같은 아들을 떠나보내야 했던 날이었다.

그건 그렇고, 저 여자애는 왜 아직도 뾰로통한 표정을 짓고 있는 걸까. 날이 더워서 그런 게 아니라면 무엇 때문일까. 자꾸 신경이 쓰였다.

권세현

소변을 보고 세면대로 가 세수를 한 다음, 목덜미의 땀을 씻어 냈다. 편지에 썼다시피 나는, 친구를 잃었다는 내 슬픔에만 갇혀 상운이 주변 사람들의 슬픔을 미처 돌아보지 못했다. 진즉에 알아서 찾아뵀어야 했는데 상운이에게 미안했다. 부탁을 받고 움직인 꼴이라 한심하기도 하고 부끄럽기도 했다. 나는 나이만 먹었지 생각은 아직 어린애에 멈춰 있는 사람 같았다. 그런데 그게 이 집 어디에 있는 줄 알고 찾아낸단 말인가. '실수란 단어를 떠올린다면 힌트가 되려나…….' 그게 나한테 주어진 힌트의 전부여서 난감하기만 했다.

"닷새 안에 찾아내야 해. 닷새 안에." 나는 수건으로 젖은 얼굴을 훔쳤다. 수건에서는 은은한 파우더 향이 났다.

거실로 나갔다. 수연이는 여전히 꿀 먹은 벙어리처럼 소파 한쪽에 앉아 있었고, 그녀와 단둘이 있는 상황이 데면데면한 어머니는 한 번 분류해 놓은 우편물을 더 세분해 분류하는 중이었다. 그때 어머니의 것으로 보이는 캐리어가 눈에 들어왔다. 바퀴 하나가 빠지고 없었다. 어쩌다 이렇게 됐느냐고 물으며 나는 어머니의 고장 난 캐리어를 바닥에 눕혀 살폈다. 어머니가 기껏 분류해 놓은 우편물을 한데 모아 옆으로 치워 두고는 대답했다.

"나 오늘 그거 끌고 다니느라 얼마나 혼났는지 몰라." 캐리어를 사이에 두고 어머니가 내 맞은편으로 와 앉았다. "독일에서 빠져 버린 것 같아."

"어머니도 캐리어는 명품 안 쓰시나 봐요?" 나는 최대한 친근하게 물었다.

"응. 여행 가방은 험하게 굴리고 다니는 거라 이상하게 명품은 못 쓰겠더라고."

"맞아요, 어머니. 그래서 저도 캐리어는 브랜드 안 따지고 그냥 아무거나 막 사요." 용케 찾은 어머니와 나와의 공통점이었다. "비싼 건 데리고 다닐 때 신경만 쓰이고요……."

"맞아 맞아." 어머니가 내 말이 채 끝나기도 전에 끼어들었다. "흠집이라도 날까 전전긍긍대느라 어디 맘 편히 돌아다니지도 못한다니까? 차라리 낡은 게 나아."

나와 비슷한 생각을 가진 어머니 때문에 웃음이 나왔다. 수연이가 그런 나를 뚫어져라 쳐다봤다. 나는 그녀의 시선을 외면하고는 어머니에게 말했다. "제가 아는 캐리어 수리 센터가 있어요. 거기에 맡기면 잘 고쳐 줄 거예요."

"그런 데도 있어?" 어머니의 눈이 커졌다.

"저도 손잡이하고 바퀴 망가져서 고쳐 쓴 적 있거든요. 제가 내일 아침 일찍 다녀올게요."

"아이고, 수고롭게 해서 어째." 말은 미안해하면서도 어머니의 표정은 그렇지 않은 것 같았다. 아들 노릇의 시작이었다.

나는 캐리어를 한쪽 구석에 밀쳐 뒀다. 잊고 있던 뭔가가 생각났는지 갑자기 어머니가 "아참, 내 정신 좀 봐." 하고는 자리에서 일어났다. 애들 데리러 가 봐야 한다면서 어머니가 차키를 챙겨 들었다. 독일에 가 있는 동안 펫호텔에 맡겨 둔 강아지 두 마리와 고양이 두 마리가 있다고 했다. 어머니가 수연이와 나를 번갈아 쳐다보며 물었다. "혹시, 동물 싫어하진 않지?"

"아니요." 내가 대답했다.

"알레르기 같은 건?"

"없어요." 역시 내가 대답했다.

"다행이네. 그럼 쉬고들 있어. 내 금방 갔다 올게." 어머니가 현관에서 슬리퍼를 꿰어 신으며 말을 이었다. "상운이 케이크는 애들 데려오는 길에 사 오려고 했더니…… 아무튼 고마워들. 우리 아들이 치즈 케이크 좋아하는 건 어찌 알고……."

아주 찰나였지만 어머니의 글썽이는 눈가를 본 것 같았다.

나는 어머니가 내내 울지 않으려고 애쓰고 있다는 걸 잘 알고 있었다. 자식은 가슴에 묻는다는 말이 괜히 있는 게 아니었다.

상운이 어머니가 나가고 수연이와 나만 남았다. 그녀가 새침해진 표정으로 "뭐야, 둘이 편먹고? 그래, 난 명품 캐리어만 끌고 다닌다, 왜!"라며 싸움을 걸어왔다. 그녀는 처음부터 모든 게 불만이었다. 저럴 땐 포옹 한 번이면 풀어질 터였다. 나는 그녀의 한쪽 팔을 잡아당겼다. 마지못해 끌려온 그녀가 내 품에 안겼고, 나는 그런 그녀를 아주 세게 껴안아 줬다. 그녀의 머리카락을 두어 번 쓸어내리며 말했다. "불쌍한 분이셔. 너무 안 되셨잖아."

"알아. 나도 아는데, 그냥 자꾸 짜증이 난단 말이야."

"그래도 좀 웃어 주면 안 될까?"

"그나마 상운 씨 아버지 안 계신다니 다행이지 뭐." 그녀가 나를 올려다보며 금세 배시시 웃었다. "그럼, 어머니 돌아오시기 전에 일단 청소부터 해 드리자. 아까 들어올 때 보니까 수영장 안에 죽은 벌레들 천지더라."

그녀의 사려 깊은 생각이 고마워 나는 그녀의 이마에 입을 맞췄다. 이마에서 끝내려는데 그녀가 뒤꿈치를 들어 내 아랫입술과 윗입술을 차례대로 깨물었다. 그럼 마당은 내가 맡을 테니, 수연이 넌 집 안을 맡으랬더니 그녀가 바로 진공청소기를 찾아 돌리기 시작했다.

나는 곧장 마당으로 나갔다. 이글거리는 태양이 정수리를 때렸다. 빗자루를 찾아 시멘트 바닥과 선베드 위에 떨어진 하루살이부터 쓸어 담았다. 수영장 안에 떠다니는 것들은 자루가 긴 잠자리채를 이용해 건져 올렸다. 몸을 움직일 때마다 이마에 맺힌 땀방울이 시멘트 바닥으로 방울져 떨어졌다. 살인적인 폭염이었다.

더위를 식히기 위해 잠깐 수영장 가장자리에 엉덩이를 붙이고 앉았다. 바지를 걷어 올려 두 다리를 물속에 담갔다. 발끝에 닿은 물의 차가운 온도에 온몸이 시원해졌다. 이 집을 보고 있으니 상운이가 내 설계 사무소를 처음으로 찾아온 날이 떠오른다. 7년 전, 벚꽃 잎이 흩날리던 날이었다. 같이 저녁을 먹기로 한 수연이가 사무실에 와 있어서 우리 셋은 그날 거기서 처음 만났다. 문을 열고 들어선 상운이는 가장 먼저, 소파 한쪽에 다리를 꼬고 앉아 잡지를 보고 있는 그녀를 바라봤다. 그리고 문소리를 듣고 고개를 쳐든 그녀가 상운이를 바라봤고, 상운이를 바라보고 난 그녀의 눈은 아마 나에게로 움직였을 것이다. 아니면, 그녀에게서 멀어진 상운이의 눈이 나에게 머물다 다시 그녀에게로 옮겨 갔던가? 그것도 아니면, 상운이를 바라보던 나를 그녀가 바라봤고, 나를 바라보던 그녀를 상운이가 바라봤던가? 분명한 것은, 나는 수연이와 상운이를, 상운이는 나와 수연이를, 그리고 수연이는 나와 상운이를 각각 바라봤다는 사실이다. 정지된 시공간에 멈춰 선 듯, 아주 찰나적으로 서로가 서로를 바라봤고, 서로를 바라보는 모습을 각자의 시선에서 또 바라본 것이었다.

퇴근 무렵이라 많은 얘기를 나누지 못했지만, 그날 상운이는 수영장이 딸린 삼층집을 짓고 싶다고 했다. 외관이든 내부든 미니멀했으면 좋겠고, 집의 구조는 분리된 듯 서로 연결됐으면 좋겠다고도 했다. 은근 까다로운 주문이라고 생각했다.

"근데 '그것'이란 건 뭐고, 그것은 또 '어디'에 있다는 걸까……." 나도 모르게 깊은 한숨이 새어 나왔다.

물속을 하염없이 내려다보다 그만 자리에서 일어났다. 물에서 건져 올린 두 발이 그새 쭈글쭈글 하얘져 있었다. 나는 마당 청소를 마저 끝내고 집 안으로 들어갔다. 이제 상운이를 위한 생일 식탁을 차릴 차례였다.

치즈 케이크와 와인을 들고 주방으로 걸어갔다. 청소기 돌아가는 소리만 들려오고 모습은 보이지 않던 수연이가 커튼 뒤에서 뒷걸음질치며 나왔다. 그런데 그녀가 손에 무언가를 들고 읽고 있었다. 상운이 부모님께 쓴 내 편지였다.

"여기 온 목적이 아들 노릇이었어? 오, 기특한데?" 그녀가 나를 착한 아이 바라보듯 쳐다봤다.

"그래, 인마. 그러니까 협조하는 거다?"

"그런 깊은 뜻이 있었으면 아까 대문 앞에서 얘기를 하지."
그녀가 원래 있던 자리에 편지를 놓아 두고는 덧붙였다. "진짜
로 난 세현이 네가 여기로 휴가라도 온 줄 알았잖아."

"청소기 다 돌렸으면 와서 이거나 거들지?" 나는 그녀를 향
해 고개를 까닥였다.

주방을 살펴보기 위해 분주하게 움직였다. 싱크대 문 네
곳을 열어 본 뒤에야 와인잔을 찾아냈다. 어떤 조리 기구가
어디에 있는지부터 파악해야 할 것 같았다. 닷새 동안 내가
쓰게 될 주방이었다.

손경애

몰티즈 두 마리와 샴 고양이 두 마리를 차 뒷좌석에 싣고
집으로 향했다.

아들의 부재를 못 견뎌 하는 나를 위해 어느 날 딸이 데
리고 들어온 녀석들이었다. 동물 보호소에 보호 중이던 어미
가 낳은 새끼들이라고 했다. 처음엔 못 키우겠다고 돌려보낼
생각이었다. "내가 지금 저런 거 키울 정신이니?" 그러자 딸이
말했다. "돌려보내면 얼마 못 가 안락사당하고 말 거야. 보호
자든 입양자든 기간 안에 안 나타나면 어미 새끼 할 것 없이

다 그렇게 된대. 새끼들만이라도 살려야 하지 않아?"

　나는 그때 상실감으로 온몸이 부서져 내리고 있었다. 가혹하게 변해 버린 내 생을 들여다보며 '대체 내가 뭘 그렇게 잘못한 거지?'라는 끊임없는 질문 속에 파묻혀 지내야 했다. 되풀이된 질문은 의문이 되어 갔고, 의문은 다시 자책과 절망으로 이어졌다. 아무것도 할 수 없었다. 한국어로 번역해야 할 독일어가 영원히 풀리지 않는 암호처럼 다가와 나를 괴롭혔다. 몸뚱이를 씻고 밥을 먹는 일이 무슨 의미인가 싶어지자 점점 바보가 되어 갔다. 멍하니 창밖을 바라보다가 잠이 오면 그대로 아무 데나 누워 잠을 잤다. 하지만 잠에서 깨어나면 모든 게 명확하고 선명해져서 더 깊은 상실과 공포에 빠져들 뿐이었다. 그래서 잠을 회피해야 했고, 기피된 잠은 일상의 파괴로 이어졌다. 결국 허무가 찾아왔다. 몰티즈와 샴은 그런 와중에 나타난, 네 개의 움직임이었다. 그런데 그때 내 마음을 돌려세운 것은 사실 딸의 설득이 아니었다. 말 그대로 어떤 '움직임'이었지.

　짐짝 같은 녀석들을 키우네 마네 하고 있을 때, 커피 테이블 한쪽 귀퉁이에는 니클라스 슐츠의 원서가 놓여 있었다. 『Schüchternheit』라는 제목의 두꺼운 양장본 소설이었는데, 그 사이에서 빠져나온 가름끈이 테이블 밑으로 길게 늘어뜨려져 있었다. 그런데 갑자기 어린 샴 고양이 하나가 그 가름끈으로 달려드는 것이었다. 간들대는 가름끈을 잡으려고 앞발을 허공으로 휘젓는 새끼 고양이의 움직임은, 고양이의 습성에 대해 아무것도 모르던 내 눈에 마치 묘기를 부리는 것처럼 보였다. 샴의 앙증맞은 움직임에 시선을 빼앗긴 내가 나도 모르게 미소를 짓고 있었던 모양이다. 딸이 그런 나를 쳐다보며 말했다. "엄마, 지금 웃고 있는 거 알아?" "그랬니?" 그때 다른 샴 고양이 하나가 간들대는 가름끈으로 또 달려들었고, 몰티즈는 몰티즈들끼리 서로 엉겨 붙어 장난을 치기 시작했다. 순간, 어미를 잃은 새끼들의 철없는 행동이 짠하게 느껴졌다. 그러면서 아들 생각이 났다. 나는 딸에게 물었다. "키워야겠지?" "응……." "그럼 바빠질 테지?" "응……." "그러다 희미해지겠지?" "응……." 딸이 울자 내가 따라 울었다. 내 울음은 또 다시 딸의 울음을 부추겼고, 지치다 못한 딸과 내 울음은 점점 허망한 웃음으로 바뀌어 갔다. 왜 그랬는지 모르지만 그때 우리 울음이 그랬다. 그렇게 한바탕 울고 난 다음 딸이 웃음 섞인 목소리로 말했다. "쟤네들을 살린 게 내 설득이 아니라 독일 작가의 책이라니……." 듣고 보니 그런 것 같아 울던 나도 다시 따라 웃었다.

그 뒤로 나는 차츰 바빠졌다. 네 마리의 대소변을 치우고, 사료와 간식을 챙겨 먹이고, 목욕을 시켜 주고 나면 하루가 어떻게 지나간지도 모르게 지나갔다. 녀석들 뒤치다꺼리로 하루에 열 번 정도 하던 아들에 대한 생각이 다섯 번으로 줄어들었다는 걸 깨달았을 때 나는, 매일 이불을 꺼내 발로 빨기 시작했다. 빨 이불이 사라지면 창문마다 걸려 있는 커튼을 하나씩 걷어다 빨았다. 그리고 빨 커튼마저 사라지면 신발장의 운동화를 꺼내 빨거나, 싱크대 속 쓰지 않는 식기류의 묵은 때를 수세미로 닦아 냈다. 매일 조금씩 조금씩 해 나갔다. 내일 해야 할 일거리가 없어질까 봐 아주 조금씩. 그렇게 해 나가다 보면 맨 처음에 빨았던 이불을 다시 빨아야 할 때가 돌아왔고, 하루에 다섯 번으로 줄어들어 가던 아들에 대한 생각은 거기에서 또 절반으로 줄어들어 갔다. 바쁘게 움직이는 것만이 견뎌 내는 유일한 방법 같았기에, 더 이상 집 안에서 일거리를 찾을 수 없게 되자 마당으로 나가 정원수를 다듬기까지 했다. 예전에 사람을 써서 해 왔던 일들을 모두 내 손으로 직접 해 나간 것이었다. 남편과 딸은 그러다 다친다며 말렸지만, 하루 두세 번으로 줄어든 아들에 대한 생각이 혹시나 열 번으로 다시 늘어날까 봐 열심히 전지가위를 들었다. 그즈음부터 1년간 손에서 놓아 버린 번역 일도 다시 시작하게 되었으니 딸의 최초의 선택은 결과적으로 옳은 셈이었다.

차고에 차를 주차시키고 대문 안으로 들어섰다. 경사로 때문인지 양손에 들린 케이지가 무겁게 느껴졌다. 하나씩 옮겨야겠다 생각하며 녀석들을 바닥에 내려놓으려는데, 어떻게 알았는지 남자애와 여자애가 저만치에서 뛰어왔다. 남자애가 날 나무라듯 "부르시지 않고요." 하고는 케이지 두 개를 거뜬히 들어 옮겼다. 중간에 여자애가 케이지 하나를 나눠 들었다. 나란히 걸어가는 둘의 뒷모습이 참 좋아 보였다. 마치 아들 내외를 보고 있는 것만 같았다. 아니, 지금 내 앞에 걸어가는 저 두 사람이 내 아들이고 내 며느리였으면 좋겠다는 생각이 들었다. 아들이 살아 있었다면 저런 장면쯤은 몇 번이고 나에게 보여 줬을 텐데…….

왜 그랬을까. 왜 아들은 그날, 독일이 아닌 강릉으로 간 걸까. 아들의 레인지로버 조수석에 타고 있던 그 아가씨는 아들과 무슨 관계였을까. 원래 해 오던 대로 여름휴가를 독일에서 보냈더라면 아들은 그날의 사고를 피해 갈 수 있었을까? 아들의 일그러진 머리가 생각난다. 동승한 아가씨의 떨어져 나간 한쪽 팔도 생각난다. 종이 뭉치처럼 찌그러진 아들의 자동차, 깨부숴진 차의 유리들, 그리고 검붉은 피…….

두통과 현기증으로 몸이 휘청거렸다. 아들의 사고 현장을 떠올릴 때면 으레 나타나는 증상이었다. 내 걸음새가 불안해 보였는지 앞서가는 남자애가 두 번이나 괜찮냐고 물어 왔다.

"괜찮아. 날이 더워 그런가 봐." 손을 앞으로 내저으며 덧붙였다. "얼른 들어들 가."

나 나가고 없는 동안 둘이서 청소를 했는지 마당과 수영장

안이 깨끗해져 있었다. 나는 속으로 말했다. '고맙기도 해라.'

집 안으로 들어갔다. 케이지에서 풀려난 녀석들이 집에 돌아온 기분을 만끽했다. 여자애는 관심 없는 척하면서도 몰티즈와 샴에게 눈길을 보냈다. 특히 샴 고양이의 매력에 빠져든 듯 그 주변을 맴돌다 루의 목덜미와 잔의 꼬리를 차례대로 쓰다듬었다. 여자애가 녀석들의 이름이 뭐냐고 물어 왔다.

"솜, 쿤, 루, 잔. 다 수컷이야."

그때 남자애가 주방 쪽에서 "어머니!" 하고 불렀다. 고개를 돌려 보니 정갈하게 차려진 식탁이 보였다. 식탁 중앙에는 르타오 치즈 케이크와 프랑스산 와인 한 병이 놓여 있었고, 네 개의 테이블 매트 위에는 개인 접시와 와인잔이 각각 놓여 있었다. 성인이 된 이후 아들의 생일상은 늘 저런 모습이었는데, 저 둘은 생일상에 관한 한 아들의 고집까지도 잘 알고 있었던 모양이다.

아들은 살면서 평생 뭘 갖고 싶어 하는 법이 없었다. "생일 선물로 뭐 받고 싶어?"라고 물으면 언제나 "치즈 케이크 하나랑 와인 한 병이면 돼."라고 대답했다. 그마저도 자기 생일을 챙겨 주고 싶어 하는 타인을 향한 배려 차원의 요구였지 정말로 원해서 그런 건 아니었다. 원래 아들은 어릴 때부터 남에게 피해를 끼치거나 부담 주는 일을 병적으로 싫어했다. 그러면서 정작 본인은 다른 사람의 생일을 거하게 챙기려 들었다.

아들이 가진 모순적인 태도였다.

셋이 식탁 앞에 둘러앉았다. 남자애가 아홉 개의 초를 케이크에 꽂은 다음 불을 붙였다. 우리는 생일 축하 노래 대신 잠깐의 침묵과 함께 아홉 개의 촛불을 바라봤다. 그리고 촛불을 꺼야 할 때가 다가오자 남자애가 엄마인 내가 끄는 게 좋겠다고 했다. 하지만 나는 그들에게 양보했다. "친구들이 꺼 주면 더 좋아할 거야."

남자애와 여자애가 서로 눈치를 보다 동시에 촛불을 불어 껐다. 여자애가 케이크에 꽂힌 초를 뽑는 동안 남자애가 와인의 코르크 마개를 땄다. 나는 케이크를 자르기 위해 자리에서 일어나 안방으로 들어갔다. 어디서 배워 왔는지, 몇 해 전부터 아들은 치즈 케이크를 자를 때 아주 가느다란 실을 사용했다. 그것은 케이크를 가장 예쁘고 깔끔하게 자르는 방법임에 틀림없었다. 그런데 실을 가지러 간 사이 여자애가 어디서 났는지 실을 이용해 치즈 케이크를 자르고 있었다.

정수연

잠깐 자리를 비웠다 나타난 어머니의 손에는 실 한 가닥이 들려 있었다. 나는 8등분 한 케이크를 개인 접시에 옮겨 담았다. 비어 있는 상운 씨 자리에도 케이크 한 조각을 내려놓았다. 세현이가 네 개의 와인잔에 와인을 따르고는 자리에 앉았다.

어머니가 쓸모없어진 실을 당신의 집게손가락에 감았다 풀어내기를 반복하며 말했다. "우리 상운이도 케이크 자를 때 이 실을 쓰더라고." 어머니가 면구스러워진 자신의 손을 내려다봤다. "아주 좋은 방법이라고 생각했는데……."

"그거 제가 가르쳐 준 거예요." 괜히 으쓱해져 말했다. "전공이 조소라 제가 덩어리 같은 건 잘 자르거든요."

"아, 그랬구나." 나를 바라보는 어머니의 눈빛이 남다르게 변해 갔다.

나는 세현이를 쳐다보며 말을 덧붙였다. "그게 아마, 처음으로 우리 둘이서 상운 씨 생일 축하해 주던 자리에서였지?"

"응."

"반짇고리에서 끊어 낸 실로 케이크를 잘랐더니 상운 씨가 그런 방법이 있었냐면서 경이롭게 절 쳐다보더라고요." 나는 어머니를 향해 한번 웃어 보였다. "그때 상운 씨 표정 되게 재밌었어. 그치?" 그리고 동조의 눈빛을 담아 세현이를 쳐다봤다.

"응. 무슨 원시인이 불을 본 듯한 표정이었잖아." 생각에 잠긴 그가 나와 어머니를 번갈아 쳐다보며 말을 이었다. "그 녀석, 케이크 자를 때마다 칼에 케이크 엉겨 붙는 게 늘 짜증스러웠던 모양이에요. 특히나 치즈 케이크는 칼로 자르면 모양다 망가지고 그러잖아요." 그가 가볍게 웃자 어머니가 따라 웃었다.

어머니가 나에게 물었다. "근데 반짇고리를 다 가지고 다녀?"

"네."

"참하기도 해라."

나는 포크로 치즈 케이크의 한쪽 귀퉁이를 잘라 먹으며 말했다. "옷을 어떻게 입고 다니는지 와이셔츠 단추가 늘 느슨해져 있거든요. 세현이 재요."

내 말이 고자질처럼 들렸는지 어머니가 또 웃었다. 그가 몰랐던 사실을 이제야 알았다는 듯 말했다. "그럼 지금까지 나 때문에 반짇고리를 갖고 다녔다는 거야?"

나는 어머니 보라는 듯 고개를 절레절레 흔들었다. "그걸 이제 알았어? 어머니 보세요. 남자들이란 저렇게 다 무심하다니까요." 그러고는 곁눈질로 세현이를 쏘아보았다.

"아무튼 고마워들. 둘 아니었으면 오늘도 혼자 질질 짜면서 케이크 먹고 있었을 텐데……" 어머니가 포크를 집어 들었다. "상운이 생일은 올해까지만 챙길까 해. 자꾸 여기에 붙잡아 두는 것 같아 미안하기도 해서……"

식탁 위로 잠깐의 침묵이 끼어들었다. 어머니의 눈가가 그렁그렁해졌다. 그런 어머니의 기분을 다독이기 위해 그가 건

배를 제안했다. 우리 셋은 와인잔을 들어 서로의 잔을 숙연하게 맞부딪쳤고, 그런 다음에는 덩그러니 놓인 상운 씨의 잔에 각자의 잔을 차례대로 갖다 댔다. 가라앉는 분위기 때문인지 몰라도 나는, 죽은 사람의 생일이란 역시 챙길 게 못 된다는 생각이 들었다.

어머니가 와인 한 모금을 들이켠 뒤 포크로 치즈 케이크 끄트머리를 잘라 먹으며 말했다. "이게 뭐 그리 맛있다고 생일 때마다 이것만 찾았는지 몰라. 미역국도 마다하고……." 어머니가 케이크를 꾸역꾸역 목구멍으로 넘겨 삼켰다. "사고 나기 전 생일 때도 '이번엔 미역국 좀 끓여 줄까?' 했더니 번거롭게 무슨 미역국이냐고 그러더라고." 어머니의 짧은 탄식이 이어졌다. "그리 될 줄 알았으면 마다해도 좀 끓여 먹일 것을…… 그게 가장 후회가 돼."

그가 입에 머금은 와인을 삼키며 대답했다. 상운 씨를 대신한 세현이의 대답이었다. "워낙에 남한테 부담 주는 걸 싫어했잖아요, 그 녀석. 게다가 이맘때면 독일에 가 있는 날이 많아서 생일 챙겨 주고 싶어도 못했고요."

"맞아, 그랬어. 여름휴가하고 생일이 늘 겹쳤으니까. 진짜 우리 아들에 대해 모르는 게 없네." 마치 당신 아들을 바라보듯 어머니가 그윽하게 세현이를 바라봤다.

그가 힘없는 목소리로 말했다. "친구니까요……." 술을 전혀 못하는 그가 와인 두 모금을 연달아 삼켰다.

어머니가 물었다. "그럼 상운이 장례식 때 왔었을 텐데, 왜 난 얼굴들을 본 기억이 없지? 세현 씨도 그렇고 수연 씨도 그렇고."

세현이가 못마땅한 표정으로 어머니에게 말했다. "어머니, 씨가 뭐예요, 씨가. 그냥 편하게 세현이 수연이, 이렇게 불러 주세요."

그의 부탁에 어머니가 가만히 고개를 끄덕였다. 어머니의 방금 그 물음에는 내가 대답했다. "갔었어요. 갔었는데……."

상운 씨의 장례식은 상운 씨가 근무하던 대학병원에서 치러졌다. 세현이와 내가 빈소로 들어섰을 때, 검은 상복 차림의 어머니는 깊은 슬픔과 충격으로 쓰러진 상태였다. 누군가의 등에 업혀 막 실려 나간 상황이라 어머니의 기억에 우리가 없는 건 당연했다. 설령, 쓰러지지 않았다 해도 그 경황없는 슬픔 속에서 누구 얼굴인들 제대로 기억할 수 있었겠는가.

그날의 세현이가 떠오른다. 내가 대신 운전을 해 줘야 할 정도로 그날 그의 정신은 붕괴돼 가고 있었다. 안전벨트도 매지 않은 그는 머리를 감싸 쥔 채 하염없이 눈물만 흘려 댔다. 그는 상운 씨의 죽음을 우리 탓으로 돌렸다. "우리 때문이야. 내가 수연이 널……." "무슨 헛소리야! 그건 그냥 사고였어." "아니야. 우리 때문인 게 분명해. 우리가……." "망상도 정도껏 해.

일단 내 말 좀 들어 봐. 상운 씨 차에 어떤 여자가 타고 있었대. 스물일곱에 이름은 조은영. 혹시 그 여자 알아?" 그가 고개를 가로저었다. "이름은? 이름도 들어 본 적 없어?" "전혀." "그럼 대체 누구지? 우리가 모르는 상운 씨 여자라니……." 여름휴가를 늘 독일에서 보내 온 상운 씨였기에 그해 여름, 상운 씨의 강릉행은 우리에게도 의문으로 남아 있었다.

"그래, 기억나네. 두어 차례 정신을 잃고 쓰러졌었지." 어머니가 그날을 상기해 내고는 말했다. "하필 그때 왔었구나."

세현이가 와인을 한 번에 들이켜더니 울먹이는 목소리로 어머니에게 죄송하다고 말했다. "죄송해요, 어머니. 그때 친구로서 끝까지 빈소를 지켰어야 했는데 저 그러지 못했어요." 그가 고개를 떨구었다. "발인에도 못 갔어요. 그 과정을 지켜볼 자신이 없었거든요. 도저히." 그의 목소리가 가늘게 떨려 왔다.

"이해해. 에미인 나조차도 도망가고 싶었는걸. 나 역시 회피하고 싶었으니까. 받아들이기 싫었으니까. 이해하고말고." 어머니의 눈가가 다시 그렁그렁해졌다.

세현이의 저 말은 사실이었다. 그때 당시 그는 자기 슬픔만이 염려스러웠다. 너무 갑작스러운 상운 씨의 죽음이었기에 그는 영정 사진이 된 상운 씨를 지켜볼 엄두조차 나지 않는 것 같았다. 회색빛 재로 변해 갈 상운 씨를 받아들일 준비조차 안 돼 있었던 것이다. 그래서 그는 회피했고 외면했다.

예의가 아닌 줄 알면서도 그때만큼은 모르는 타인이고자 했다. 그래야 견뎌 낼 수 있었기에 그는 그렇게 했다. 그리고 상운 씨한테는 미안한 얘기지만, 나는 그날의 세현이를 가장 사랑했다. 슬픔 하나를 간직하게 된 남자란 나에게 떨림 같은 것이었기에 그랬다. 내가 사랑한 게 그의 슬픔이었다 해도, 결국 나는 그를 사랑한 거나 마찬가지니 속으로 괜찮다고 생각했다. 만약에 앞으로 그가 또 다른 슬픔을 갖게 된다면 나는 그의 그 또 다른 슬픔마저 사랑할 것이고, 그가 절망을 갖게 된다면 나는 그의 절망까지도 사랑할 생각이었다.

술을 못하는 세현이가 와인을 두 잔째 들이켜고 있었다.

손경애

아들의 생일 식탁 위로 땅거미가 스며들었다. 어스름해진 바깥의 온도는 독일 한낮의 여름을 떠올리게 했다.

친구로서 상운이의 빈소와 발인을 지켜보지 못했다는 뒤늦은 자책 때문인지 남자애가 연거푸 와인을 들이켰다. 더 이상 마실 와인이 없어지자 아들 몫으로 따라 놓은 와인을 가져다 마셨다. 술을 잘하는 체질은 아닌 듯해 괜찮겠느냐고 했더니 "상운이 생일인데요……."라고 힘없이 말하고는 엷은 웃음을 지어 보였다. 나만의 슬픔인 줄 알았던 아들은, 다른 사람에게는 또 다른 두께의 슬픔이자 고통이었다. 아들은 알았을까. 자기가 저지르고 간 이 몹쓸 짓이 몇몇에게는 쉽게 옅어지지 않을 얼룩이 되고 말 거라는 걸.

"그만 정리들 할까?" 나는 접시에 남아 있는 케이크를 억지로 다 먹어 치우고는 말했다. "피곤할 텐데 쉬어야지."

남자애와 여자애가 자리에서 일어나 식탁을 치웠다. 서로 설거지를 하겠다고 티격태격대다 결국 남자애가 싱크대를 차지했다. 개수대에서 쏟아지는 물소리를 듣고 있으니 팬스레 마음이 편안해졌다. 식기 부딪치는 소리를 비롯한 이 소란과 소음이 좋아 계속 식탁에 앉아 남자애의 등을 바라봤다. 설거지를 하다 접시 하나를 깨뜨려 줬으면 했지만 그런 일은 일어나지 않았다. 왜냐하면 저 애는 우리 아들이 아니기 때문이었다.

공부든 운동이든 못하는 게 없던 상운이는 이상하게도 설거지엔 영 서툴렀다. 아들에게 설거지를 맡기면 꼭 뭐 하나 깨뜨려 놓을 정도로 자주 그랬다. 하지만 나는 설거지에 서툰 아들의 그런 모습을 유독 사랑했다. 아들의 완벽함을 늘 걱정스러운 눈으로 바라본 에미였기에 그 빈틈과 실수를 다행으로 여긴 것이었다. 실패와 실수를 모르는 사람은 위험해질 수밖에 없었다. 결국엔 자기 스스로를 용납하지 못하게 되기 때문이었다. 그래서 나는 아들이 깨 놓은 접시와 유리컵에 종종 위안을 받곤 했다. 그래도 빈구석이 하나라도 있구나 하면서.

아들이 부쩍 생각나는 오늘이었다.

권세현

눈앞이 어지러웠다. 설거지를 하며 서 있는 몸이 자꾸 옆으로 비틀댔다. 수연이에게 설거지를 맡기는 건데 후회가 되었다. 소주 반 잔의 주량을 가진 내게 와인 세 잔은 아무래도 무리였던 것이다. 하지만 나는 마시고 싶었다. 상운이를 위한 마지막 생일 파티였기에 오늘만큼은 마셔 주고 싶었다. 체질상 술을 못하는 탓에 나는, 살아생전 녀석에게 좋은 술친구는 돼 주지 못했다. 그게 늘 마음 한켠에 걸렸다. 남자가 찌질하게 술 한잔도 못 하냐면서, 녀석은 우리와 만날 때마다 나를 타박했다. 그래서 상운이는 나보다도 수연이와 더 많이 술을 마셔야 했다.

와인 때문인지 설거지를 하는 손이 자꾸만 엇나갔다. 아니나 다를까, 와인잔 하나가 손에서 미끄러져 나가더니 쨍 하고 깨져 버렸다. 한순간이었다. 미끈거리는 세제 거품을 탓해 보지만, 원인은 내 몸과 상극인 알코올이었다. 첫날부터 이 무슨 실례인지 모르겠다.

"죄송합니다, 어머니." 뒤돌아 식탁에 앉아 있는 어머니의 눈치를 살피고는 말했다. "제가 원래 이렇지 않은데…… 와인을 너무 많이 마셨……." 말조차 끝맺지를 못했다.

어머니가 다급히 식탁에서 일어났다. 안 다쳤느냐면서 개수대 앞으로 다가왔다. 그런데 나를 올려다보는 어머니의 눈이 웃고 있었다. 어찌나 온화한 미소로 나를 쳐다보는지, 마치 와인잔을 깬 게 잘한 일이라는 착각이 들 정도였다.

"어쩜 우리 아들하고 저리 똑같을까." 어머니가 그윽한 눈빛으로 말했다.

"네?"

"아니야. 내가 치울게." 어머니가 조각난 와인잔을 만지려고 달려들었다.

"아니에요 어머니. 제가 치워요." 간신히 어머니를 말리고는 유리 조각을 치웠다. 다행히 두 번째 실수는 일어나지 않았다.

그렇게 설거지를 끝낸 나는, 얼른 쉬라는 어머니의 성화에 못 이겨 어머니를 따라 3층으로 올라갔다. 비틀대는 나를 대신해 수연이가 캐리어 두 개를 들고 따라 올라왔다.

3층에는 세 개의 게스트 룸이 있는 것으로 알고 있었다. 상운이와 상운이 여동생의 방은 2층에 있었는데, 두 남매의 방에는 드레스 룸과 욕실이 따로 딸려 있었다. 분리된 듯 서로 연결된 구조였으면 좋겠다는 상운이의 주문을 반영한 설계였다. 맨 아래층에는 드레스 룸 하나와 침실 하나, 그리고 서재로 쓰이는 방 두 개가 있었다. 이 집이 총 아홉 개의 방과 네 개의 화장실을 갖추게 된 것은, 손님 치를 일이 많아 방이 충분했으면 좋겠다는 상운이 어머니의 의견을 반영한 결과물이었다.

그깟 와인 세 잔이 뭐라고, 기울어진 계단이 내 눈에는 더 기울어진 것처럼 보였다. 내 불안한 발걸음을 보고 어머니가 "술이 많이 약한가 보네."라고 말했다.

"네. 그래서 저 사회생활 하는 데 꽤 애먹었어요, 어머니."

"아무래도 그렇지."

"상운이 술친구도 못 돼 줬고요, 딸꾹." 이제는 딸꾹질까지 나왔다.

"아이고, 그랬구나." 나를 향한 안쓰러움이 어머니의 목소리에 그대로 묻어났다.

수연이의 양손에 들린 캐리어가 버거워 보였는지 어머니가 캐리어 하나를 나눠 들었다. 집이 무슨 갤러리 같다는 그녀의 말에 어머니가 이렇게 대답했다. "우리 집 양반도 그렇고 나도 워낙에 그림을 좋아하거든." 어머니가 캐리어를 거실 중앙에 내려놓았다.

"근데 집이 커서 혼자 관리하기 힘드시겠어요." 그녀의 눈은 시종 벽에 걸린 그림에 가 있었다.

"그래서 예전에는 일주일에 두 번 도우미 썼는데, 상운이 보낸 뒤로는 그냥 내가 다 해." 어머니의 얼굴이 잠시 어두워졌다가 이내 담담하게 변해 갔다. "집안일이라도 해야 잊으니까. 아, 둘이 방 같이 쓸 거지?"

우리는 동시에 "네." 하고 대답했다.

"그럼 저쪽 방 써야겠네." 어머니가 계단에서 가장 가까운 방으로 걸어갔다.

수연이와 나는 어머니가 안내한 방으로 들어갔다. 침대 두 개가 나란히 놓인, 전망 좋은 방이었다. 침대 옆 벽면에는 색깔이 다른 샤워 가운 두 벌이 옷걸이에 걸려 있었다. 그걸 보고 있으니 마치 호텔에 온 기분이 들었다. 씻으라며 욕실 위치까지 알려준 어머니가, 이 집을 설계한 사람이 나라는 걸 뒤늦게 깨닫고는 이렇게 말했다. "아참, 말 안 해 줘도 다 알지? 그럼 쉬어들."

나는 아래층으로 내려가려는 어머니를 붙들어 내일 부엌 좀 빌리겠다고 말했다. 그리고 덧붙여 어머니에게 물었다. "어머니는 어떤 음식 좋아하세요?"

"왜?"

"내일 맛있는 거 해 드리려고요." 괜히 쑥스러워서 헤벌쭉 웃었다.

"요리도 할 줄 알아?"

그때 수연이가 끼어들었다. "세현이 쟤, 요리 엄청 잘해요. 건축가 안 됐으면 아마 요리사 됐을 걸요?"

어머니의 눈이 놀라 커졌다. "어머, 그 정도야? 재주가 많네. 나는 음식은 안 가리고 다 잘 먹어."

"다행이네요. 어머니, 그럼 내일 아침에 뵙겠습니다." 어머니를 향해 허리를 굽혀 꾸벅, 인사를 했다. "들어가 쉬세요."

"그래, 잘들 자." 어머니가 아래층으로 내려갔다.

어머니와의 저녁 인사를 끝으로 수연이와 나는 방으로 들어가 각자의 짐을 풀었다. 내 입에서는 간헐적으로 딸꾹질이 나왔고, 그 딸꾹질이 멈출 즈음 우리는 욕실로 들어가 같이 샤워를 했다. 나는 그녀의 등을 밀어 주고, 그녀는 내 등을 밀어 줬다. 오래전부터 우리는 손이 닿지 않는 서로의 등을 밀어 주는 걸 좋아했다.

몸에 물을 끼얹으니 술기운이 조금 달아나는 것 같았다.

손경애

바퀴 빠진 캐리어를 끌고 안방으로 들어가 짐 정리를 했다. 뉘 집 자식들인지 볼수록 탐나는 애들이었다. 남자애는 사위 삼으면 좋을 것 같고, 여자애는 며느리 삼으면 좋을 것 같다는, 해괴망측한 생각이 나도 모르게 들고 말았다.

"주책이네. 아들 잡아먹은 년이 주책바가지야." 나는 초점 잃은 눈으로 방바닥을 멍하니 쳐다보며 쓴웃음을 지었다. 그래도 요리를 해 준다고 하니 벌써부터 내일이 궁금해지고 기다려졌다.

붙박이장을 열어 캐리어 속 소지품을 원래 있던 자리에 넣어 두었다. 정리를 끝내고 붙박이장 문을 닫으려는데 아들의 조객록(弔客錄)이 보였다. 잠깐 망설이다 그것을 꺼내 펼쳤다. 조객록에는 아들의 죽음을 애도하러 와 준 사람들의 이름이 저마다의 필체로 빼곡하게 기록돼 있었다.

나는 남자애와 여자애의 이름을 찾아보기 위해 천천히 책장을 넘겼다. 세 번째 장 중간쯤에 두 이름이 나타났다. '정수연'이라는 이름이 먼저 쓰여 있었고, 바로 그 밑에 '권세현'이라는 이름이 쓰여 있었다. 둘 중에 한 사람이 기록한 듯 '정수연'이라고 쓴 글씨체와 '권세현'이라고 쓴 글씨체가 똑같았다. 남자애의 손편지에서 본 필체와 다른 것으로 봐서, 이 조객록의 두 이름은 여자애가 적은 게 아닌가 싶었다. 그만큼 힘들었으리라. 자기 이름을 조객록에 남기는 것조차 힘들 만큼, 그래서 여자애가 대신 자기 이름을 써 줘야 할 만큼 남자애는 아들의 죽음이 힘겨웠던 것이다.

"얼마나 충격이 컸으면…… 썩을 새끼……." 깊은 한숨이 목 구멍에 머물렀다 한꺼번에 터져 나왔다. "왜 술을 먹고 차를 몰아서……."

그렇게 한동안 나는 방바닥에 앉아, 아들을 위해 눈물을 흘려 준 사람들의 이름을 3년 만에 다시 읽어 내려갔다. 자식의 조객록을 가진 에미란 한없이 부끄럽고 쓸쓸할 수밖에 없는 것인데, 3년이 지난 지금도 그러한 기분은 달라지지 않았다. 어쩌면 이 감정은 죽을 때까지 영원히 떠안고 가야 할 내 책무인지도 모르겠다.

아들과 함께하지 못한, 아들의 서른여섯 번째 생일이 여름 밤 속으로 사라져 가고 있었다.

내일은 좀 덜 더웠으면 좋겠다.

정수연

먼저 샤워를 끝내고 나간 세현이가 창밖을 바라보고 서 있었다. 나는 젖은 머리를 수건으로 싸매고는 그의 등 뒤로 다가가 허리를 끌어안았다. 그의 몸에서 풍겨 나오는 은은한 샤워젤 향이 좋아 얼굴을 더 깊이 파묻었다. 아로마 향이었다.

"여기 경치 좋다. 밤하늘도 멋있고." 내가 기분 좋은 목소리로 말했다.

세현이가 고개를 옆으로 틀어 나를 쳐다봤다. "오기 잘했지?" 그의 부드러운 손이 내 팔에 와 닿았다.

나는 조금 뜸을 들이다 대답했다. "응. 서울에서는 이런 밤하늘 보기 힘들잖아. 별이 곧 쏟아져 내릴 것 같아."

동네 어귀마다 점점이 서 있는 가로등 불빛은 밤하늘이 떨구어 놓고 간 별처럼 보였다. 어둠이 짙어서 밤이 더 아름다운 곳이었다.

"술은 다 깼어?" 그에게 물었다.

"아직도 좀 어질어질해."

"이러면 다 깰 거야." 나는 끌어 안았던 그의 허리에서 팔을 풀었다.

그가 뭘 어쩔 셈이냐는 듯 날 바라봤다. 나는 그에 아랑곳없이 창가에 엉덩이를 걸치고 앉았다. 이번엔 팔 대신 양 다리로 그의 허리를 휘감은 후 내 쪽으로 바짝 끌어당겼다. 그의 얼굴이 내 가슴께에 머물렀다. "우리 이래도 돼?"라는 그의 말에 괜히 심통이 난 나는 "뭐 어때." 하고는 그의 입술에 내 입술을 가져다 댔다. 알코올 때문인지 그의 혀가 다른 때보다 뜨겁게 느껴졌다. 치약 냄새 좋다는 내 말에 그가 내 머리를 감싼 수건을 풀어헤쳤다. 어깨로 흘러내린 젖은 머리카락에 흥분한 그가 내 헝클어진 머리카락 숲으로 파고들었다. 나는 더 세게 그의 허리를 양다리로 껴안았고, 우리는 창가에서 미처 끌어올리지 못한 격정을 침대로 옮겨 가 나눴다. 그렇게 한 번의 오르가즘을 서로에게 선사한 후 미뤄 둔 물음을 그에게 던졌다. "이 집에 온 진짜 목적이 뭐야?"

"상운이 대신 아들 노릇해 주러 왔다 했잖아." 그가 내 한쪽 가슴에 자신의 뺨을 문질렀다.

"근데 왜 하필 3년이 지난 오늘인 건데?" 나는 그의 젖은 머리카락에 얼굴을 파묻었다.

그의 손이 내 음부로 내려왔다. "그냥 깨달음이 3년이 지난 오늘에서야 찾아왔을 뿐이야. 다른 이유는 없어."

"너, 다른 사람은 속여도 나는 못 속이는 거 알지? 스무 살 때부터 봐 온 너야." 내 음부에 머물러 있는 그의 손을 느껴 보기 위해 나는 다리를 더 벌렸다.

그런데 갑자기 그가 내 다리 사이에서 빠져나갔다. "피곤하니까 오늘은 이쯤에서 끝내고 자자." 그의 얼굴이 어두워졌다.

"그, 그래……." 나는 티슈 한 장을 뽑아 내 검은 숲 주변을 닦았다.

그와 관계를 끝내고 날 때마다 나는 궁금해졌다. 그가 내 몸에서 느끼는 감정은 어떤 것일까. 내가 그의 몸에서 느끼는 감정과 비슷할까. 우리의 관계는 어디까지가 진실이고 어디까지가 허구인 걸까. 나는 그의 슬픔과 절망까지도 사랑할 자신이 있는데, 그는 나의 무엇까지 사랑해 줄 수 있는 걸까. 한 번도 그에게 물어보지 못한 질문이었다.

창밖의 밤하늘이 별빛으로 빛났다. 우리는 침대 하나를 비워 둔 채 한 침대에 누워 잠을 잤다. 바짝 마른 내 머리카락이 그의 맨살에 닿자 그가 말했다. "좋다. 내 맨살에 닿는 수연이 네 머리카락……."

나는 오늘도 세현이의 저 말을 나를 사랑한다는 말로 이해해 버린다.

그의 숨소리가 내 안에 스며든다.

손경애

아침부터 푹푹 찌는 것이, 오늘도 어제와 같은 날씨가 예상되었다.

에어컨 대신 선풍기를 켜고 잠깐 그 앞에 앉았다. 독일의 여름이 얼마나 신사적인지는 매번 한국의 여름을 통해 알게 되는데, 올해도 마찬가지였다. 아들 또한 그 사실을 누구보다 잘 알고 있어서, 매년 여름 독일로 떠나려 했던 것이다.

아들은 계절 중에 여름을 미치도록 좋아했지만, 한국의 폭력적인 여름은 그다지 좋아하지 않았다. 에어컨 바람을 좋아하지 않는 아들에게, 에어컨 없이는 견딜 수 없는 한국의 여름이란 진짜 여름이 아니었다. 그냥 기꺼이 견디게 되는 여름, 하루 종일 걷고 뛰게 만드는 여름, 지나친 과시도 오만도 없는, 그렇고 그런 여름. 그게 독일의 여름이었다.

아들이 여름휴가 때마다 독일의 여름을 찾아가게 된 이유는, 아들의 유년기를 형성한 그 6년간의 독일 생활 때문이었다. 그곳에서 아들은 너무도 이상적인 여름의 온도를 알아 버렸고, 그러다 그 나라의 여름을 사랑하게 된 것이었다. 하지만 나는 독일에서의 어린 아들을 떠올릴 때면 자꾸 눈물이 났다. 너무 의젓해서였다.

한 살배기 아들은 유학 생활 내내 나와 같이 강의를 들으러 다녀야 했다. 아주 어릴 적에는 포대기에 업힌 채로, 조금 커서는 유모차에 실린 채로. 칭얼대거나 울 줄을 몰랐던 아들은 강의실이든 도서관이든 할 것 없이 어디든 데려갈 수 있었다. 너무 조용하고 얌전한 아이라 그랬을까. 그때 내게 아들은 누구에게도 방해가 되지 않는, 그냥 조금 무거운 배낭 같은 존재로 느껴질 정도였다. 그런데 사실 나는 아들의 그런 점이 짠했다. 그래서 미안했고 궁금했다. 그때 아들의 삶은 정말 어떠했을까. 어린 아들이 바라본 독일은 어떤 모양이었으며, 그 세계를 대하는 아들의 내면은 또 어떠했을까. 성인이 된 아들에게 몇 차례 물어봤지만, 워낙 어릴 적 일인지라 아들은 당시 본인의 정서를 나에게 얘기해 줄 수 없었다. 다만 이렇게 말할 뿐이었다. "희미하긴 한데 여름의 온도가 좋았던 것 같아." "하루 종일 여름하고 놀았던 생각이 나." "여름이 미치게 좋았다는 것 말고는 별로 기억나는 게 없네?" 그러니까 아들은 독일에서의 6년을 오로지 여름으로 기억하고 여름으로 추억했다. 그리고 다 큰 다음에는 그런 여름을 며칠만이라도 다시 가져 보기 위해 매년 혼자서 독일로 떠났다. 나와 함께할 때도 있었고, 온 가족과 함께할 때도 있었지만, 다 커서는 대부분 혼자 떠났다가 혼자 돌아왔다. 그런데 3년 전의 여름은 달랐다. 그날도 폭염주의보가 내려진 날이었기에 아들은 강릉이 아닌 독일로 갔었어야 했다. 그 사고가 예정된 것이었다면 사고를 피하기 위해서라도 아들은 그래야 했다.

"근데 왜, 왜……." 나는 고개를 내저으며 진저리를 쳤다.

자꾸만 나는 아들이 그렇게 된 게, 아들 차에 타고 있던 조은영이라는 여자애 때문이라는 생각이 들었다. 연례행사나 마찬가지인 아들의 독일행에 훼방을 놓은 건 그 아가씨가 분명했다. 그러니까 어쩌면 조은영이라는 아이가 그 사고를 일으킨 최초의 원인인지도 몰랐다. 아들은 살면서 음주 운전이라곤 해 본 적이 없었다. 설거지를 하다 접시를 깨뜨리는 정도가 실수와 실책의 전부이던 아들이었다.

선풍기 소음 사이로 물소리가 들려왔다. 선풍기를 끄고 자리에서 일어나 창가로 걸어갔다. 시스루 커튼 안으로 투과된 아침 햇살마저 따갑게 느껴졌다. 커튼을 열어젖히자 아침부터 수영장에서 혼자 수영을 하고 있는 여자애가 보였다. 빨간색 비키니 수영복이 유독 눈에 띄었다. 아들은 여름만 되면 시시때때로 저 수영장에 들어가 물놀이를 즐겼다. 그것이 한국의 여름을 견뎌 내는 아들만의 방법이었다. 한동안 쓸모없이 방치돼 가던 수영장에서 물소리가 들리니 왠지 반갑기도 하고, 다시 사람 사는 집이 된 것 같아 좋았다.

슬리퍼를 끄집고 마당으로 나갔다. 여자애 수영 실력이 어찌나 좋은지 보고 있는 것만으로도 재미지고 흥미로웠다. 물속에서 고개를 내민 여자애가 나에게 아침 인사를 건넸다.

"일어나셨어요, 어머니? 아침인데 벌써부터 덥네요." 여자애 입술이 입고 있는 빨간색 비키니만큼이나 빨개 보였다.

"그러게. 근데 세현 씨…… 아니, 세현이는?"

"어머니 캐리어 들고 아침 일찍 나갔어요. 수리 센터가 서울이라 좀 걸릴 거랬어요."

"당장 쓸 것도 아니고 천천히 해도 되는데……." 괜히 미안한 마음이 들었다.

여자애가 물속으로 고개를 집어넣었다 빼고는 말했다. "장도 봐 온댔으니까 아침 식사는 자기 오면 같이 하자던데요?"

"아이고, 날도 더운데 미안해서 어째……." 나는 잠깐 선베드에 엉덩이를 붙이고 앉았다.

들어오기 그러시면 발이라도 담그라는 여자애의 재촉에 나는 "그럼 그럴까?" 하고는 방금 앉았던 선베드에서 일어났다. 슬리퍼를 벗고 수영장 가장자리에 엉덩이를 걸치고 앉았다. 두 다리에 닿는 물의 온도가 좋았다. 여자애가 접영으로 수영장 끄트머리까지 갔다가 돌아왔다. "보통 수영 솜씨가 아니네?"

여자애가 숨을 거칠게 몰아쉬며 대답했다. "어릴 때부터 해 오던 거라서요." 자기도 그만 쉬어야겠다며 여자애가 물 위로 올라왔다.

내 옆에 바짝 붙어 앉으려던 여자애가 조금 간격을 두고 자리에 앉았다. 그 간격은, 자기 몸에서 흘러내린 물이 내가 앉아 있는 곳까지 번져 드는 것을 염려한 것이었다.

"집에 딸린 수영장 치고는 꽤 크고 좋아요." 여자애가 고개를 한쪽으로 기울여 귓속으로 들어간 물을 빼내고는 말했다. 거칠게 몰아쉬는 숨마저 젊음이 느껴졌다. "수영장 타일 색도 예쁘고요."

"상운이가 워낙에 물을 좋아해서. 수영하는 것도 좋아하고." 그러고는 여자애에게 물었다. "수연이는 하는 일이 뭐야?"

"갤러리 큐레이터예요."

"어머, 그래? 그럼 그림에 대해 잘 알고 좋아하기도 하겠네?"

　여자애가 당연하다는 듯 가볍게 미소를 짓더니 두 발을 흔들어 물장구를 쳤다. 그때 여자애의 손에 끼워진 반지가 햇빛에 반짝거렸다. 반지에 반사된 날카로운 빛이 자기를 봐달라는 듯 내 눈을 찔러 댔다. 북두칠성이 새겨진 반지였는데 어딘가 낯이 익었다. 나는 허공을 응시하며 속으로 생각했다. '저걸 어디서 봤더라…….' 커플링이냐고 묻자 여자애가 다소 시큰둥하게 "네, 뭐……."라고 대답하고는 한숨을 푹 내쉬었다. 고민이 담긴 한숨 같았다. 아니 그것은 '저한테 지금 고민이 하나 있는데 그 고민이 무엇인지 좀 물어봐 줄래요?'라고 하는, 말해지지 않은 여자애의 말이었다. 그래 물었다. "무슨 고민 있어?"

　기다렸다는 듯 여자애의 대답이 돌아왔다. "어머니 저는요, 세현이하고 스무 살 때 대학에서 처음 만났어요." 고개를 떨군 여자애의 눈이 물속에 머물렀다. "그리고 16년 가까이 세현이만 바라봤고, 우리가 원하던 대로 올해 마지막 날에 식을 올려요. 근데요……."

　"근데?"

　"근데 가끔 이대로 계속 직진하는 게 맞나 싶을 때가 있어요." 물속에 머물러 있던 여자애의 눈이 나에게 옮겨왔다.

　여자애가 지금 어떤 심리 상태인지 알 것 같아 나는 이렇게 말했다. "여자들은 결혼 앞두고 누구나 한 번씩 다 그래. 나도 상운이 아빠랑 대학 때 만나 연애했는데, 갑자기 상운이가 들어서는 바람에 졸업도 하기 전에 식부터 올려야 했지 뭐야." 옛날 생각에 잠깐 웃음이 나왔다. "당시엔 그게 왜 그렇게 창피하던지. 뭐 그때는 또 그런 시절이었으니까. 상운이 때문에 필연적으로 해야만 하는 결혼인데도 나 역시 그런 생각이 들더라고. 내 인생을 저 남자한테 맡기는 게 맞나, 이게 정말 옳은 선택인가, 나중에 후회하게 되면 어쩌나, 뭐 그런……."

"그런 뜻이 아니에요." 여자애가 답답하다는 듯 말했다. "세현이는 제가 세현이를 사랑한 만큼 저를 사랑해 주지 않아요. 그래서 항상 뭔가 손해 보는 느낌이에요." 여자애의 깊은 한숨이 물속 깊이 파고들었다. "그걸 알면서도 달려드는 제 자신은 더 싫은 거고요." 여자애가 손에 끼고 있던 반지를 만지작댔다.

여자애에게 필요한 조언이 뭘까 생각하다가 나는 이렇게 말했다. "누구든 똑같은 무게로 서로를 사랑할 수는 없어. 반드시 어느 한쪽이 더 사랑하게 돼 있지. 그게 지금 수연이 쪽이기 때문에 괴로운 것일 뿐이고. 나는 더 사랑하는 쪽이 진짜 사랑을 하고 있는 거라고 생각해. 한 사람을 16년간, 그것도 한결같이 사랑한다는 건 결코 쉬운 일이 아니니까."

"어머니 앞에서 할 소린 아닌데⋯⋯." 잠깐 망설이다 여자애가 계속 말을 이었다. "가끔 저는 세현이가 죽어 버렸으면 좋겠다는 생각이 들어요. 그럼 더 이상 사랑하지 않아도 되잖아요. 그리고 누구도 그 사람을 사랑할 수 없게 될 테니까요."

"저런."

"사랑하지 않으면 안 되는 대상을 가졌다는 건 때로 고통이기도 해요. 세현이는 저한테 미필적 고의 같은 거예요. 많이 우습죠?" 여자애가 쓸쓸한 웃음을 지었다.

남자애를 향한 여자애의 사랑이 어느 정도인지 알 것도 같았다. 하지만 어떤 관계에서 싹튼 사랑이든, 사랑한 만큼 되돌려 받을 수 있는 사랑이라는 것은 없었다. 계산기로 두들겨 플러스 마이너스 '0'이 되는 감정의 교환이란 세상에 존재하지 않았다. 숫자 놀음은 수학에서나 가능하다는 걸 여자애는 왜 모르는 걸까. 나는 상운이를 잃고 나서야 알았다. 일방적으로 사랑하고픈 대상이 존재한다는 것은, 살아 숨 쉬고 싶은 이유가 된다는 것을. 그리고 그 대상의 죽음이 곧 자기 자신의 죽음이 될 수도 있다는 것을. 사랑은 사랑하는 것으로 시작되는 것이지 사랑받는 것으로 시작되는 게 아니었다.

초인종이 울렸다. 남자애가 돌아온 모양이었다. 나는 얼른 물에서 발을 건져 올렸다. 자리에서 일어나 슬리퍼를 꿰어 신었다. 여자애의 한쪽 어깨를 두어 번 토닥여 주고는 뛰다시피 대문 쪽으로 걸어가 문을 열었다. 남자애의 양손에는 내 캐리어와 큼지막한 수박 한 통, 그리고 곧 찢어질 듯한 비닐봉지들이 들려 있었다. 잘 주무셨느냐는 남자애의 아침 인사에 나는 "그럼."이라고 대답하고 캐리어부터 받아들었다. 슬쩍 남자애의 손을 확인해 봤지만 반지는 보이지 않았다. 거추장스러운 걸 싫어하는 애인지도 몰랐다. 원래 남자애들이 보통 그렇고, 우리 아들도 그랬으니까.

그건 그렇고, 북두칠성이 새겨진 저 반지를 내가 어디서 봤을까. 분명 낯이 익었다. 내가 지금 여자애 반지에 집착하는 이유는, 죽기 몇 달 전에 아들이 지나가는 말로 했던 말이 떠올라서였다. 맘에 두고 있는 여자가 생겼는데 그 애도 엄마 아버지처럼 그림을 좋아한다는 말이었다. 성급한 생각에 꼬치꼬치 캐묻지 않았지만 ─ 나이하고 직업은? 그 여자애도 쌍꺼풀이 없니? 부모님은 뭐하시고? 형제는? 등등 ─ 조만간 인사시키러 데려오겠구나 싶었다. 그때 아들의 표정은 분명 그래 보였다. 그리고 이제나 데려올까 저제나 데려올까 내심 기다리던 와중에 그 사고가 난 것이었다. 그렇다면 혹시, 그때 아들이 맘에 두고 있다는 사람이 저 여자애는 아니었을까? 아들 차에 타고 있던 그 조은영이란 아이는 아무리 생각해 봐도 그림 같은 거 좋아할 만한 애는 아니었다.

상운이 어머니가 거실에서 캐리어를 살피는 사이 나는 장 봐 온 것들을 들고 주방으로 향했다. 내가 미리 어머니에게 말했다. "똑같은 걸 찾을 수 없어서 바퀴 네 개를 다 교체했어요. 높이를 맞춰야 한대서요."

"아주 감쪽같네. 앞으로 10년은 더 끌고 다닐 수 있겠어." 어머니의 표정이 흡족해 보여서 다행이었다. "비용이 꽤 들었을 텐데?"

"어머니, 자꾸 그러시면 저 서운해요." 나는 일부러 어머니를 향해 눈을 흘겼다.

"그래, 그래, 알았어. 더웠을 텐데, 아무튼 고마워."

어머니가 캐리어를 끌고 거실을 서너 번 왔다 갔다 하는 걸 보니 덩달아 나도 기분이 좋아졌다.

물놀이와 샤워를 끝낸 수연이가 핫팬츠에 파란색 티셔츠 한 장을 걸치고 아래층으로 내려왔다. 장 봐 온 것들을 확인하고 난 그녀는 내가 만들 음식을 단번에 알아맞혔다. "그렇잖아도 세현이 네가 만든 파에야 먹고 싶었는데."

"그래? 잘 됐다." 시계를 쳐다보고는 서둘러 몸에 앞치마부터 둘렀다.

그녀가 나를 따라 여분의 앞치마를 자신의 허리에 둘렀다.

나는 알면서도 그녀에게 물었다. "도와주려고?"

"어머니 배고프실 텐데 빨리빨리 움직여야지." 수연이의 매력은 차가운 듯 차갑지 않다는 데에 있었다.

그녀가 닭고기와 각종 해산물을 손질해 주는 동안 나는 쌀부터 씻었다. 그리고 양파와 피망과 토마토를 비롯해 필요한 야채들을 다듬어 썰어 두고 나무 주걱을 찾아 꺼냈다. 양쪽에 손잡이가 달린 넓적한 팬에 올리브 오일을 둘러 밑간을 한 닭고기를 볶는 것으로 파에야 요리는 시작되었다. 볶고 볶는 과정이 이어질 때마다 재료의 향들이 덧대져 갔다. 시간이 흐를수록 음식의 색감 또한 내가 원하는 방향으로 잡혀 가는 것 같아 조금 안도가 되었다. 파에야는 반복적으로 볶아 내고 끓여 내는 요리라 가스불 앞에 오래 서 있어야 해서 여름철에 해 먹기엔 고생스러운 면이 많았다.

몰티즈와 샴의 아침밥을 챙겨 주고 난 어머니는, 아무것도 하지 않은 채 소파에 앉아 있기가 뭐했는지 음식물 쓰레기를 들고 밖으로 나갔다. 그사이 나는 해산물 육수를 한 번 더 부어 준 다음, 마지막으로 샤프란과 함께 쌀과 완두콩을 넣고 뭉근하게 익혔다. 쌀이 바닥에 눌어붙을 정도가 되면 요리의 완성이었다.

요리가 끝나 간다는 걸 안 수연이가 식탁을 차리자 나는, 파에야에 곁들여 먹을 아이올리 소스를 뚝딱 만들어 냈다.

레몬즙이 좀 더 들어갔으면 좋겠다는 그녀의 말에 레몬 몇 방울을 아이올리에 더 떨어뜨렸다.

뜸을 들여 완성한 파에야를 식탁 한가운데에 팬째 올렸다. 시종 주방을 기웃거리던 어머니가 부르기도 전에 식탁에 와 앉았다. 팬 뚜껑을 여니 훈김과 함께 온갖 해산물 냄새가 사방으로 퍼져 나갔다. 어머니가 맛있겠다며 가장 먼저 파에야 한 주걱을 덜어 개인 접시에 담았다. 우리도 숟가락을 들었다.

"어머머머!" 어머니가 파에야 한 숟가락을 더 떠먹고 나서 다시 말을 이었다. "내가 파에야는 스페인 현지에서도 먹어 보고 이태원 식당에서도 먹어 봤거든? 근데 이렇게 내 입맛에 맞는 파에야는 처음이야." 빈말이 아닌 듯 어머니의 표정이 그걸 말해 주고 있었다. "밥도 고슬고슬하니, 해산물도 싱싱하고…… 세상에나! 무슨 재주래?"

"오늘 수산 시장 물이 좋더라고요. 재료가 좋으면 반은 먹고 들어가잖아요." 나는 겸연쩍게 웃었다.

"수연이 말대로 요리사 해도 됐었겠다. 근데 왜 이쪽 길로 안 가고?" 어머니가 새우를 껍질째 씹어 먹으며 물었다.

"그게, 집이 좀 보수적이라……."

이때 옆에 앉은 수연이가 "뭐가 좀이야? 골 때리게 보수적이지."라고 말하고는 입술을 삐죽댔다. 예술가 집안에서 나고 자라 그런지 그녀의 눈에 우리 집안 분위기는 무슨 청동기 시대의 유물로 보였을 것이다. 그러니까 방금 그녀의 그 응수는 평소 그녀가 품어 왔던 불만의 표출인 셈이었다. 어쩌면 그녀가 나와의 결혼을 결정하는 데 있어 가장 망설인 부분도 자유분방하지 못한 우리 집안의 가풍이었는지도 몰랐다.

어머니가 머리를 뗀 새우를 아이올리 소스에 찍어 먹으며 또 물었다. "집이 얼마나 엄하길래 수연이가 저래?"

"별로 그렇지도 않아요. 그냥 학자 집안이라……."

내 말이 끝나자마자 그녀가 고자질이라도 하듯 다시 끼어들었다. "왜 그런 집 있잖아요, 어머니. 해마다 수염 기른 어르신들이 하얀 도포 입고 우르르 떼거지로 나타나는 집이요." 내 눈치를 보면서도 그녀는 계속 말을 이었다. "옛날 유생들이 쓰던 모자를 쓰고 일렬로 줄지어 서서 제사상 앞에 허리 숙여야 하는 그런 집."

"아주 뼈대 있는 종갓집인가 보네. 어머니가 고생 많으시겠다." 어머니의 눈이 호기심으로 빛났다.

"큰어머니에 비하면 그래도 좀 나은 편이에요. 저희 아버지가 5남매 중 막내라서요." 이어서 나는 수연이를 향해 쏴붙였다. "그리고 넌 떼거지가 뭐냐? 떼거지가."

"사실이 그렇잖아." 그녀의 입술이 불만 가득 실룩거렸다. 그녀는 기어코 말 한마디도 지지 않으려 들었다.

식탁이 좀 심심한 것 같아 "와인이라도 딸까요?" 했더니 어머니가 아침부터 무슨 술이냐며 손을 내저었다. 수연이도 딱히 와인 생각이 없는지 고개를 가로저었다. 그래서 우리는 오로지 파에야를 먹는 데에만 집중했다. 나는 내 접시에 그녀가 좋아하는 홍합이 보이면 그녀의 접시로 홍합을 옮겨 줬고, 그녀는 자기 접시에 내가 좋아하는 오징어가 보이면 내 접시로 오징어를 옮겨 줬다. 어머니가 소외감을 느낄까 봐 나는 내 파에야 속에 들어 있는 새우 하나를 집어 어머니에게도 건넸다. 아까부터 주로 새우를 골라 드시는 것이 어머니가 새우를 좋아하는 것 같아서였다. 나는 괜히 머쓱해, 새우는 껍질 까먹는 게 귀찮아 그런다고 핑계를 댈까 했지만, 나 먹기 귀찮은 거 당신에게 준다는 인상을 줄까 봐 그 말은 관두고 이렇게 말했다. "새우를 별로 안 좋아해서요."

새우를 좋아하지 않는 게 아니라는 걸 안 그녀가 곁눈질로 나를 한 번 쳐다보고는 모른 척 그냥 넘어가 줬다.

파에야는 생각보다 금세 바닥을 드러냈다. 바닥에 눌어붙은 누룽지를 좋아하는 수연이를 위해 숟가락으로 소카랏을 긁어 그녀의 접시에 담아 줬다. 파에야의 진짜 맛은 이 부분에 응축돼 있다면서 그녀는, 내가 긁어 준 소카랏을 어머니나 나에게 권하지도 않고 몽땅 먹어 치웠다. 그사이 어머니는 식탁에서 일어나 아까 내가 사 온 수박을 잘라 내왔다.

"우리 상운이도 수박 참 좋아했는데……." 어머니가 수박

한 조각을 한 입 베어 먹으며 혼잣말처럼 중얼댔다.

"멜론도 좋아했잖아요. 토마토도요." 내가 덧붙였다.

"맞아, 그랬지. 그 맛없는 토마토를 어찌 그리 맛나게 먹어 댔는지…… 아참, 나 뭐 하나만 물어봐도 될까?"

"뭐든지요." 나는 얼른 수박씨를 뱉어 냈다.

"우리 상운이한테 진 신세란 게 뭐야? 세현이 편지 읽고 궁금했거든."

"그 친구 아니었으면 이만큼 클 수 없었을 거예요, 제 건축 사무소. 이 집 완공된 뒤에 상운이가 꽤 많은 클라이언트를 저한테 소개시켜 줬거든요. 그걸 시작으로 여기까지 올 수 있었던 거니까 8할은 그 친구 덕이 분명해요."

"무슨, 그만큼 실력이 됐으니까 컸을 테지. 백날 먹잇감 물어다 줘도 능력이 안 되면 그것도 안 되는 법이야." 어머니가 내편처럼 말했다.

나는 손까지 내저어 가며 아니라고 했다. "아니에요. 사회 생활 해 보니까 알겠더라고요. 무슨 일을 하든 남의 도움 없이는 성장하기 힘들다는 거요. 성공하는 건 물론이고요. 그래서 두고두고 상운이한테 고마웠어요. 언젠가 갚아야지 갚아야지 했는데……."

한동안 숙연한 침묵이 흘렀다. 어머니가 절반 정도 베어 먹은 수박을 앞접시에 내려놓더니 주저하듯 물었다. "저기, 혹시……." 어머니는 관두려다가 이내 다시 입을 뗐다. "있지……
사고 때 상운이 옆에 타고 있던 그 조은영이란 아가씨에 대해
뭐 아는 거 있어?" 어머니가 수연이와 나를 번갈아 쳐다봤다.
뭐라도 말해 줄 거라는 기대에 찬 눈빛이었다. 아니, 우리가
뭐라도 알고 있기를 바라는 눈치 같았다. 그 짧은 순간을 기
다리지 못하고 어머니가 덧붙여 물었다. "아니, 사고 나기 전
에 그 아가씨 한 번이라도 본 적은 있어? 존재에 대해선?"

내 동공이 흔들리는 것이 느껴졌다. 내가 무언가를 알고
있다는 걸 어머니가 눈치챌까 봐 얼른 고개를 숙여 수박씨를
발라 냈다. 어떡해야 할지 모르겠다. 사실 며칠 전까지는 저
도 몰랐다고, 그런데 며칠 전부터 알게 돼 버렸다고 솔직하게
털어놔야 하나? 아니, 아니었다. 나는 그게 무엇인지 아직 모
르지만 그걸 찾으러 왔을 뿐이다. 그리고 이 집에 아들 노릇
을 해 주러 왔을 뿐이었다. 그러니 그 이상은 안 된다.

나는 어머니의 눈치를 살피며 이렇게 대답했다. "없어요.
그 이름은 저희도 상운이 사고 소식 듣던 날 처음 들었으니까
요."

옆에 앉은 수연이가 내 대답에 동조라도 하듯 가만히 고개
를 끄덕였다. 답답해 미치겠다는 어머니의 한숨 소리가 들려
왔다.

"이런 말하기 좀 그런데……." 어머니가 물을 한 모금 삼켰

다. "그러니까, 그 아가씨가 우리 상운이랑 어울린다고 생각해?" 그 말끝에 드러난 어머니의 눈빛은 차갑다 못해 매섭기까지 했다.

어머니의 눈치를 살피던 수연이의 눈이 나에게로 향했고, 내 눈은 씨를 다 발라 낸 수박에 계속 머물렀다. 묵묵부답을 우리가 난처해한다는 뜻으로 받아들인 어머니가 그쯤에서 대화를 정리했다.

"내가 미쳤지. 다 지난 일을 또 들쑤시고 말았네. 하도 답답하고 속이 상해서 그만……" 어머니가 다시 물을 들이켰다.

울적해진 식탁 분위기를 견디다 못한 어머니가 그만 자리에서 일어났다. 설거지는 당신이 하겠다며 어머니가 식탁 접시들을 개수대로 옮겼다. 우리가 하겠다는데도 어머니는 수박 쟁반을 들려 주며 기어코 우리를 주방에서 쫓아냈다. 가스불 앞에서 고생했으니 물에 들어가 더위 좀 식히라는 배려였다.

등 떠밀려 밖으로 나온 수연이와 나는 테라스 그늘에 앉아 수박을 마저 먹었다. 그리고 우리는 물속으로 들어가 한낮의 수영을 즐기기 시작했다.

손경애

　설거지를 끝내고 책 냄새 가득한 서재로 들어갔다. 사방이 책으로 둘러싸여 있어서 그런지 몰라도 이 방에 앉아 있으면 마음이 편안해질 때가 많았다.

　서재로 들어서자마자 손에 잡히는 대로 책 한 권을 빼 들었다. 책의 중간쯤을 열어 그사이에 얼굴을 파묻었다. 이 방에 들어오면 나도 모르게 하게 되는 행동인데, 이제는 거의 의식처럼 되어 가고 있었다.

　깊이 들이마신 숨 안으로 오래된 책 냄새가 딸려 왔다. 누런 페이지에 숨어 있는 눅눅한 냄새들. 맡을 때마다 뭔가 아득해지는 이 촌스러운 냄새들이 나는 왜 그리 질리지도 않고 좋은지 모르겠다. 서가에 꽂힌 책의 절반은 한국 책이고, 나머지 절반은 독일 책이지만, 책의 체취는 언어에 상관없이 다 똑같아서 다행이란 생각이 들었다.

　냄새를 맡고 난 책을 다시 제자리에 꽂아 두고는 창가를 등지고 선 책상 앞으로 가 앉아 맥북을 켰다. 내가 지금 번역 중인 작품은 니클라스 슐츠의 『수줍음』이었다. 솜과 쿤, 그리고 루와 잔을 키우게끔 만들어 준, 그때 그 두꺼운 양장본 책이었다. 책상 한쪽 독서대에 세워진 『Schüchternheit』의 책장은 현재 5분의 4 정도 넘어간 상태였다. 번역은 막바지에 이르는 중이었다.

아들은 매해 여름, 독일로 떠났다가 한국으로 돌아올 때면 독일에서 사서 읽은 책들을 가지고 들어왔다. 그러니까 『수줍음』은 사고 나기 한 해 전에 아들이 먼저 읽고 나에게 건네준 것이었다. 아들이 마지막으로 번역을 권유해 온 책이라 그랬을까. 이번 번역 작업은 내내 더뎠고, 내내 슬펐으며, 내내 외롭기까지 했다.

한 살에 우리 부부와 독일로 떠났던 아들은 일곱 살이 돼서 한국으로 돌아왔다. 나와 함께 거의 모든 석·박사 강의를 들으며 자란 덕분에 아들의 독일어 구사 능력은 뛰어났다. 한국으로 돌아와 살면서도 우리 부부는 한동안 독일어를 사용해야만 했는데, 그것은 아들과의 원활한 의사소통을 위해서였다.

아들은 다 자라서도 독일어를 모국어처럼 사용했다. 잠꼬대를 하거나 혼잣말을 할 때 그러했고, 특히 타인을 향해 분노를 표출할 때라든지, 공공장소에서 사적인 대화를 나눠야할 때면 독일어를 꺼내 썼다. 그런데 사실 나는, 공공장소에서 독일어로 나누는 아들과의 대화를 참 좋아했다. 아들과나만의 비밀을 간직한 듯한 기분이 들어서였고, 생각하면 눈물밖에 안 나는 독일 유학 생활을 한 번씩 떠올리게 해 줘서였다. 그래도 한 살배기 아들과 함께한 독일에서의 시간들은 우리 부부에게 가장 빛나던 청춘이었다. 당시의 고통이라는 것도 지나 놓고 보면 '그래, 그땐 그랬지.'가 된다는 것을 나는, 아들이 독일어로 말을 할 때마다 되새기며 기억했다. 그러니까 지금의 고통도 곧 지나갈 것이다.

책상 앞에 앉았지만 글자는 눈에 들어오지 않았다. 의자를 창 쪽으로 비틀어 창밖을 내다봤다. 수영을 즐기고 있는 남자애와 여자애가 보였다. 수영장이 딸린 이 삼층집이 지어졌을 당시만 해도 나는 많은 걸 상상했더랬다. 이런 식으로 말이다. '몇 년 후면 아들 내외와 손자 손녀들이 저 수영장에서 여름 물놀이를 즐기겠지?' '밥 좀 달라며 혼자 불쑥 찾아온 사위에게는 배불리 밥을 먹여 돌려보내야겠다. 잠깐 쉬었다 가고 싶어 하는 것 같으면 3층에 있는 방 하나를 내주면 좋을 거야.' '손자 손녀들의 생일 파티는 꼭 이 마당에서 치르도록 해야겠어.' '아들과 말다툼을 벌인 며느리가 친정 엄마가 아닌 이 시어미를 찾아온다면 그 아이에게도 3층에 있는 방을 내줘야지. 그리고 그 방에서 밤새도록 며느리 얘기를 들어줘야지.' 떠올려 보면 그때의 아들도 나와 비슷한 상상을 하지 않았나 싶다. 왜냐하면 이 집이 지어질 당시 내 눈에 비친 아들은 매일매일 흥겨워 보였기 때문이다.

반대편으로 가 버렸는지 남자애와 여자애가 내 시야에서 사라졌다. 이 서재에서는 수영장이 절반밖에 보이지 않았다.

두 사람이 남기고 간 몸의 움직임이 물에 남아 일렁거렸다. 출렁이는 물의 표면을 초점 잃은 눈으로 망연히 바라보고 있는데 아까 여자애 반지가 생각났다.

"아참, 반지."

자리에서 일어나 방 안을 왔다 갔다 했다. 윗니로 아랫입술을 자근자근 깨물었다. 그걸 어디서 봤을까. 예순 살의 기억이란 착각과 망각에서 자유로울 수 없음에도 나는, 기억이 이끄는 대로 서재에서 나와 2층 아들 방으로 올라갔다. 아직까지 아들의 방은 아들이 쓰던 방 그대로였다. 뭐 하나 버리지도 건드리지도 않은 상태라 아들이 옷걸이에 걸어 둔 여름철 운동복까지 그냥 그 자리에 있었다. 남편은, 주말마다 이 방을 청소하는 내게 조심스레 말했다. "이제 그만 정리하는 건 어때?" 그러면 나는 이렇게 대답했다. "조금만 있다가요. 조금만." 그렇게 조금씩 유예되다 아예 유예되고 만 아들의 방. 나는 올 겨울에도 아들의 방에 걸린 저 여름용 커튼을 겨울용 커튼으로 바꿔 달 게 분명했다.

아들의 방을 뒤지기 시작했다. 책상 서랍을 열어 보고, 드레스 룸에 걸린 옷들을 일일이 확인했다. 양복 속주머니까지 다 뒤져 봤지만 나온 건 떨어진 단추 두 개와 100원짜리 동전 하나가 전부였다. 드레스 룸에서 나와 다시 침실 쪽으로 발걸음을 옮겼다. 책과 책 사이를 살피고, 침대 매트리스 아래를 확인한 다음, 책장 위에 가지런히 올려진 종이상자들을 내렸다. 상자는 모두 세 개였는데, 그 안에는 아들이 오래전에 사용했던 물건들이 고스란히 들어 있었다. 중학교 입학 기념으로 남편이 아들에게 사 준 소니 바이오 노트북, 아이폰의 변천사를 알려 주려는 듯한 다양한 두께의 아이폰들, 아이팟과 엠피쓰리 플레이어와 닌텐도 게임기까지. 모두 철 지난 오래된 물건들이었다. 그리고 그 기기들 사이에는 컴퍼스와 파버카스텔 샤프펜슬과 쓰다 만 스테들러 지우개 등등이 잡동사니처럼 마구 뒤섞여 있었다. 그때 내 눈으로 종이봉투 하나가 들어왔다. 상자 맨 가장자리에 바짝 붙어 있는, 아주 자그마한 종이봉투였다. 그것을 집어 들어 옆으로 흔들어 보았다. 뭔가가 들어 있는 듯, 안에서 어떤 움직임이 느껴졌다. 봉투는 풀로 단단히 봉인된 상태라 안을 확인하려면 봉투를 찢어야 했다. 그래서 찢었다. 그런데 틀렸으면 하는 예감은 왜 꼭 들어맞는 걸까.

봉투 안에서 나온 것은 반지였다. 아주아주 작은 일곱 개의 다이아몬드가 박힌, 북두칠성이 새겨진 바로 그 반지. 내 기억이 맞았다. 어디서 본 것 같다는 내 기억이 맞아떨어진 것이었다.

"이, 이게 왜……." 찰나적으로 수많은 가정들이 내 생각을 훑고 지나갔다.

갑자기 머릿속이 멍해지면서 현기증이 일어났다. 잠깐 주저 앉았다가 이내 자리를 털고 일어나 창가 쪽으로 걸어갔다. 반지를 더 자세히 들여다보기 위해 커튼을 열어젖혔다. 아들의 방이 환해졌다.

창가에 걸터앉아 반지를 손에 끼워 보았다. 남자치고는 손가락이 가늘었던 아들인지라 반지는 내 집게손가락에 맞았다. 그나저나 이 반지를 내가 어디서 봤을까. 아들이 이 반지를 끼고 있는 걸 본 적은 없으니, 아마 어디에 놓여 있는 걸 지나가다 우연히 보지 않았나 싶다. 어쩌면 청소하러 아들 방에 들어왔다가 봤었는지도 몰랐다.

반지를 빼 안쪽을 살폈다. 반지 안쪽에 새겨져 있을 법한 이니셜 같은 건 보이지 않았다. 당연하게도 생각은 꼬리에 꼬리를 물고 이어졌고, 어느새 내 머릿속은 성립 가능한 상상들로 가득 채워지기 시작했다. 하지만 그것은 상상이라기보다는 의문에 가까운 것이었다. 답답한 마음에 허공에다 대고 이렇게 물었다.

"도대체 뭐지?"

어지럼증이 가시는가 싶더니 이번엔 가슴이 답답하게 옥죄어 왔다. 나는 반지를 세게 움켜쥐고는 창밖으로 고개를 돌려 아래를 내려다봤다. 물놀이를 끝낸 남자애와 여자애가 선베드에 누워 웃고 떠들고 있었다. 둘 다 선글라스를 끼고 있어서 그들의 표정을 정확히 확인할 수는 없었다.

에미인지라 눈앞의 저들이 거슬리지 않는다면 거짓말이었다. 나는 당장 이 반지를 들고 여자애에게 달려가고 싶었다. 이 반지가 의미하는 게 무엇이냐고 따져 묻고 싶었다. 확인 사살이라도 하듯, 그 틈을 비집고 떠오른 것은 아들이 했던 그때 그 말이었다. "나 맘에 두고 있는 여자가 생겼는데, 그 애도 엄마 아버지처럼 그림 좋아한다?" 늘 생각해 왔듯, 아들 차에 타고 있던 조은영이란 아이는 그림을 좋아할 만한 애는 아니었다.

조은영의 부모는 수산 시장에서 생선을 팔았다. 하나밖에 없는 조은영의 오빠는 조은영의 사고 당시 교도소 복역 중이었다. 강도 및 성폭행 혐의였다. 고등학교를 자퇴한 조은영은 양말 제조 공장에서 불량 양말을 골라내는 일을 8년째 하고 있었다. 물론 조은영이란 아이도 얼마든지 그림을 좋아할 수 있었다. 내가 납득할 수 없는 부분은 그림을 좋아할지도 모르는 조은영이 아니었다. 그런 여자애를 만나고 다닌 아들이었다. 아들은 그 누구 못지않은 엘리트 중에 엘리트였다.

나는 그만 창가에서 일어났다. 상자를 정리해 제자리에 올려 두고 아래층 서재로 돌아갔다. 책상 서랍 깊숙이 반지를 넣어 두고는 의자에 머리를 기대고 앉았다. 고개를 쳐들어 천장을 멍하니 올려다봤다. 우리 상운이한테 저 두 사람은 누구이고 무엇인 걸까. 어쩌면 조은영이란 아이는 아들이 억지로 만들어 낸 관계인지도 몰랐다. 저 두 사람을 향한 반발심으로 홧김에 꾸며낸 인물 말이다. 그러지 않고서는 조은영은 설명되지 않았다.

물소리가 사라진 수영장의 물이 보일 듯 말 듯 잔잔하게 일렁거렸다. 오후의 집이 물속처럼 고요해져 갔다.

정수연

선베드 위에서의 잠은 언제나 달콤했다.

갑자기 귓가에 윙윙거리는 매미 울음소리에 눈을 떴다. 얼마나 긴 낮잠에 빠져 있었는지, 해를 따라 움직인 차양 그늘이 내 몸을 완전히 벗어날 참이었다. 선글라스를 절반쯤 벗어 오후의 빛을 확인했다. 서쪽으로 옮겨간 태양은 기운이 희미해질 대로 희미해져 있었다. "그만 들어갈까?"라고 말하며 선베드에서 일어나려는데 옆의 세현이가 보이지 않았다.

비키니 위에 비치가운을 걸치고 3층 방으로 올라갔다. 막 샤워를 끝낸 그가 수건으로 젖은 머리를 말리며 마침 욕실에서 나왔다.

"나 좀 깨우지." 토라진 목소리로 그에게 말했다.

그가 가볍게 웃었다. "잠을 너무 달게 자길래."

"맞아. 모처럼 낮잠 제대로 자긴 했어." 나는 늘어지게 기지 개를 켰다.

"그럼 됐지. 얼른 들어가 씻어. 등 닦아 줘?"

"아니. 오늘은 욕조에 몸 좀 담글까 해. 같이 안 담글래?"

"다 씻었는데 뭘." 그가 고개를 내저었다.

방으로 들어가 내 캐리어를 열었다. 입욕제와 에센셜 오일 을 챙겨 들고 욕실로 들어갔다. 물이 차오른 욕조에 입욕제를 푼 다음, 에센셜 오일 몇 방울을 떨어뜨렸다. 거품이 뭉게뭉게 피어오르면서 아로마 향이 욕실 가득 퍼져 나갔다.

휴대폰에서 흘러나오는 음악과 함께 욕조에 몸을 담갔다. 턱까지 올라온 거품 구름이 온몸을 부드럽게 감싸 주었다. 예 전에도 그랬지만, 이상하게 거품 욕조에 혼자 누워 있을 때면 세현이 생각이 났다. 나에게 그는 옆에 있어도 그냥 생각나는 사람이었다. 밥을 먹고 나서 양치질을 하듯이 나에게는 그를 생각하는 일이 그러했다. 하지 않으면 안 되는 일상의 그 무 엇처럼. 그래서 그는 나에게 잠 같았고 속옷 같았다. 치약 같 기도 하고 비누 같기도 했으며, 때로 생수 같기도 했다.

우리는 스무 살 때 대학 캠퍼스에서 처음 만났다. 볕이 좋 은 5월이었고, 나는 잎이 무성한 나무 아래 벤치에 앉아 엠피 쓰리 플레이어로 음악을 듣고 있었다. 눈을 감으면 5월의 햇살과 포근한 바람이 뺨에 만져지던 계절이었다. 그런데 계절과 음악에 취한 나머지 그 벤치에 오래 앉아 있었던 게 문제라면 문제였다. 이 곡만 듣고 일어나야지, 아니 진짜로 이 곡만 듣고 일어나야지 하고 있는데, 정수리 위로 뭔가 툭 하고 떨어지는 느낌이 들었다. 묵직한 덩어리 같은 게 꿈틀꿈틀 기어간다는 감각과 함께 벤치 위로 떨어진 것은 쐐기벌레였다. 그것은 세상에서 내가 가장 싫어하는 벌레였다. 끔찍하게 싫은 그 벌레가 내 머리 위를 기어가고 있다는 상상에 기겁하다시피 벤치에서 일어났다. 가만히 있을 수도, 그렇다고 정수리 부분을 손으로 만져 볼 수도 없는 상황이라 귀에서 이어폰을 빼고 무작정 소리부터 질렀다. "엄마야! 도와주세요! 사람 살려!" 온몸을 파고든 소름이 머리끝까지 치솟았다. 대책 없이 발만 동동 구르고 있을 때 지나가던 누군가가 내 앞으로 달려왔고, 그가 바로 세현이었다.

초면임에도 불구하고 나는 그의 셔츠 자락을 움켜쥐며 말했다. "머리에 쐐기…… 어떻게 좀 빨리, 빨리요!" 그가 "이것 때문에 그래?"라고 차분하게 묻고는 엄지와 검지 사이로 집어 올린 쐐기벌레를 내 눈앞에 들이댔다. 그의 손에서 벗어나려고 발버둥치는 쐐기벌레에 또 한번 기겁을 하고 만 나는 그의 손을 신경질적으로 쳐 내며 소리쳤다. "치워요! 치우라고요!" 그때 나를 향해 지어 보이던 그의 그 웃음을 나는 아직도 기억했다. 지금도 그 웃음을 떠올리면 살짝 두근대는 심장이 느껴지고는 했다. 그래서 나는, 내가 살아 있다는 걸 느끼고 싶을 때마다, 그가 쐐기벌레를 쥐고 내 앞에서 지어 보였던 그 첫 웃음을 상기하려고 했다.

아무튼 우리는 그렇게 만났다. 나는 존댓말이었지만, 그는 처음부터 반말이었다. 나중에 나는 그에게 물었다. "근데 넌 어떻게 알고 처음부터 나한테 반말로 말했던 거야?" 그의 대답은 이랬다. "누가 봐도 넌 딱 새내기 같았거든." 아마 그때 나는 처음으로 예감했었던 것 같다. 내가 저 남자를 아주 오래오래 사랑하게 될 것이라는 걸. 그리고 실제로 나는 그러했고, 앞으로도 그럴 것이다.

욕조에서 나와 머리를 감고 몸에 묻은 거품을 씻어 냈다. 내 몸 구석구석에서 묻어 나온 아로마 향이 콧노래를 흥얼거리게 했다. 사실, 아로마 향은 나보다도 세현이가 더 좋아했다. 내가 가진 모든 목욕 용품이 아로마 성분인 데에는 그런 이유가 있었다.

두툼한 샤워 가운을 걸치고 욕실을 나갔다. 허리끈을 조여매며 방으로 들어가는데 그가 보이지 않았다. 발코니로 나가 밖을 내다보고, 3층에 있는 나머지 두 개의 방문을 열어 봐도 그는 보이지 않았다. 혹시 솜과 쿤, 루와 잔과 같이 있나 싶어 아래층으로 내려갔지만 거기도 조용할 뿐이었다.

"뭐 사러 나갔나?"

나는 어머니에게 여쭤볼까 하다가 관두고 다시 위층으로 올라갔다. 그런데 2층과 3층 사이를 연결하는 계단을 올라가는데 아래쪽에서 무슨 소리가 들려왔다. 소리를 따라 방향을 튼 나는 다시 2층으로 내려갔다. 왠지 발소리를 죽여야 할 것 같아 뒤꿈치를 들어 올린 채 조용히 걸음을 옮겼다. 아니나 다를까, 2층에 있는 방문 하나가 살짝 벌어져 있는 게 보였다. 그 틈으로 세현이의 움직임이 느껴졌다. 가만히 방문을 열고 들어갔다.

"여기서 뭐해?" 나는 싸늘한 목소리로 그에게 물었다.

침대 매트리스 밑을 들춰 보고 있던 그가 잽싸게 자신의 행동을 감추고는 대답했다. "아, 아니야. 아무것도." 그는 분명 당황해하고 있었다.

책장에 꽂혀 있는 전공 서적들을 보고 나는 이 방이 상운 씨 방이라는 걸 알아챘다. 죽은 사람의 방인데도, 방은 죽은 사람의 방 같지가 않았다. 상운 씨가 걸어 뒀음직한 여름철 운동복이 옷걸이에 그대로 걸려 있어서 더 그래 보였는지도 몰랐다.

"상운 씨 방인가 보네?"

"으응. 아직까지 못 치우고 두신 모양이야." 그가 윗니로 아랫입술을 깨물었다. 긴장하고 있다는 뜻이었다.

그의 눈을 똑바로 쳐다보며 물었다. "근데 뭐 찾아?"

"아니, 찾기는. 그만 나갈까?"

나는, 서둘러 상운 씨의 방을 나서려는 그를 가로막고 섰다. 뒷걸음질로 걸어가 방문을 걸어 잠근 다음 그에게 물었다. "이 집에 온 진짜 목적이 뭐야?"

"어젯밤에도 묻지 않았나?" 그가 나와 마주친 눈을 피했다.

나는 "응."이라고 말하고는 팔짱을 끼었다.

"근데 왜 또 물어?" 그가 이번엔 내 눈을 똑바로 응시했다.

"제대로 답을 안 했으니까. 이유가 뭔데?" 일부러 나는 목소리를 차갑게 뱉어 냈다.

"……"

"너 여기 온 첫날부터 뭔가 찾는 모양새였어. 불안하게 두리번두리번. 대체 뭐냐니까?"

"상운이 대신 아들 노릇해 주러 왔다 했잖아. 그뿐이야." 그가 신경질적으로 대답했다.

"그건 부차적인 문제고, 분명 다른 뭔가가 있어. 너, 다른 사람은 속여도 나는 못 속인다 그랬지. 빨리 안 불어? 안 그럼 당장 내려가 어머니 불러온다?"

"어머닌 왜?" 그의 얼굴이 붉게 달아올랐다. 귀까지 빨개지는 게 영 수상했다.

"저 남자가 상운 씨 방 뒤진다 그러면 뭐든 이실직고할 거

아냐. 어머니!"

'어머니!'라고 외치자 그가 자신의 손으로 내 입을 틀어막았다. 숨죽인 목소리로 그가 말했다. "지금 뭐 하자는 거야!"

나는 그의 손을 내 입에서 떼어 내고는 그와 같은 숨죽인 목소리로 응대했다. "그러니까 빨리 말하라고!"

어쩔 수 없게 돼 버렸다고 생각했는지 그가 상운 씨 침대로 가 힘없이 주저앉았다. 집게 손톱으로 엄지 손톱을 소리 나게 긁어 내리며 입을 열었다. 오랜만에 보는, 긴장할 때 나타나는 그의 행동들이었다. "사실은……." 그가 잠깐 뜸을 들였다. "그러니까…… 보름 전에 편지 한 통을 받았어. 손편지였는데……."

"손편지? 누구한테서?"

그가 나를 똑바로 쳐다보고는 대답했다. "상운이…… 유상운."

"뭐라는 거야? 나 지금 잠꼬대 받아 줄 기분 아니거든?"

"노란색 편지 봉투였고, 발신인은 강릉 우체국이었어." 그의 고개가 떨구어졌다.

"강릉?"

"열어 봤더니 그 노란색 봉투 안에 또 편지 봉투가 들어 있더라고. 진짜 편지. 상운이가 내 앞으로 보낸 편지가……."

"사고로 죽은 사람한테서 무슨 편지? 어떻게? 왜?" 그런데 질문이 곧 해답이 되기도 하는 걸까. 그 물음과 동시에 답을 알아 버린 나는 스스로 내 입을 틀어막아야 했다. 짐작이 틀리길 바라는 마음으로 그에게 다시 물었다. "편지라니…… 어떻게?"

그가 답답하다는 표정으로 말했다. "무슨 뜻인지 아직도 모르겠어?"

"뭐야 그럼…… 사고가, 사고가 아니었다는 거야?" 눈꺼풀에 일어난 경련이 또 다른 질문을 만들어 냈다. "그럼 상운 씨 옆에 타고 있던 그 조은영이란 애는?"

"목소리 낮춰. 어머니 들을까 겁나. 일단 이 방에서 나가자." 침대에서 일어난 그가 내 팔을 잡아 끌었다.

나는 세현이의 손에 이끌려 3층 방으로 올라갔다.

우리는 방문과 창문을 걸어 잠그고 방바닥에 마주 보고 앉았다. 입을 떼려는데 이번엔 아랫입술에 경련이 일어났다. 온몸으로 퍼져 나간 떨림이 으슬으슬한 추위로 변해 갔다. 한여름에 이런 한기를 느껴 보기는 처음인 것 같았다. 회피하고 싶었지만 물어야 했다. 이미 짐작이 가는 일임에도 그래야 했다. "사고가 아니면? 사고가 아니면 뭐라는 건데?"

그가 머뭇대다 대답했다. "선택된 죽음."

"말, 말도 안 돼." 부정하고픈 마음에 나는 고개를 절레절레 흔들었다.

죽음을 받아들이는 자세로써 사고와 자살은 엄연히 달랐다. 사고에 의한 죽음은 내 책임과 영향으로부터 자유로울 수 있었지만, 자살에 의한 죽음은 그렇지 않을 수도 있었다. 왜냐하면 나는 상운 씨 삶 안에 들어와 있었고, 상운 씨 또한 내 삶 안에 들어와 있었기 때문이다. 관계란 어떻게든 영향을 미치게 돼 있었다. 그게 파괴를 낳느냐 상생을 낳느냐의 차이만 존재할 뿐, 관계는 결국 무언가를 남긴 채 떠나게 돼 있었다. 그렇다면 상운 씨는? 좀 전까지만 해도 후자에 가까웠던 상운 씨는 이제 전자에 가까운 사람이 되고 말았다. 왜냐하면 자기 스스로를 파괴해 버렸으니까. 그리고 어쩌면 우리의 미래까지도. "나 때문이었어, 나 때문……."

"아니, 나 때문이었어." 그가 고개를 내저으며 말했다. "그리고 상운이 자신 때문이기도 했고. 그러니까 우리 셋은 상운이 죽음에 있어 똑같은 공범인 거야."

스물아홉 살의 상운 씨가 세현이의 설계 사무소를 처음으로 찾아온 날이 떠오른다. 7년 전, 거리거리마다 봄의 색깔들이 두근거리던 날이었다. 그와 같이 저녁을 먹기로 한 나는 그의 사무실에 미리 와 있어서 우리 셋은 그날 거기서 처음 만났다. 상운 씨는 물 빠진 청바지에 버버리 트렌치코트 차림이었는데, 그날 내가 본 그 베이지색 코트는 봄의 은유처럼 느껴졌다. 아니, 그것은 상운 씨를 상징하는 색깔이었고, 그래서 상운 씨의 첫인상은 내게 베이지로 각인되었다. 조심스레 문을 열고 들어선 베이지의 상운 씨는 가장 먼저, 소파 한쪽에 다리를 꼬고 앉아 잡지를 보고 있는 나를 수줍게 바라봤다. 그리고 문소리를 듣고 고개를 쳐든 내가 상운 씨를 바라봤고, 상운 씨를 바라보고 난 내 눈은 아마 책상 앞에 앉아 있는 세현이에게로 움직였을 것이다. 아니면, 나에게서 멀어진 상운 씨의 눈이 세현이에게 머물다 다시 나에게로 옮겨왔던가? 그것도 아니면, 상운 씨를 바라보던 세현이를 내가 바라봤고, 세현이를 바라보던 나를 베이지의 상운 씨가 바라봤던가? 분명한 것은, 세현이는 나와 상운 씨를, 상운 씨는 나와 세현이를, 그리고 나는 세현이와 상운 씨를 각각 바라봤다는 사실이다. 일시정지된 영화 속 한 장면처럼 아주 찰나적으로 서로가 서로를 바라봤고, 서로를 바라보는 모습을 각자의 시선에서 또 바라본 것이었다. 교차된 시선들의 흥분과 혼란들. 그렇게 우리는 시선과 시선으로 만났다. 게다가 그 찰나의 시선으로 서로를 경계하고, 서로를 알아보기까지 했으니, 그날 우리는 빛의 속도로 모두의 서사를 예견한 셈이었다.

퇴근 무렵이라 많은 얘기를 나누지 못했지만, 그날 상운 씨는 세현이에게 수영장이 딸린 삼층집을 짓고 싶다고 했다. 외관이든 내부든 미니멀했으면 좋겠고, 집의 구조는 분리된 듯 서로 연결됐으면 좋겠다고도 했다. 그렇게 짧은 상담을 끝내고 상운 씨가 돌아가자 우리는 예정돼 있던 저녁식사를 하러 우리의 단골 레스토랑인 '클라우드'로 향했다. 늘 그래 왔듯, 그날도 우리는 클라우드의 스페셜 메뉴를 주문해 먹으며 그날 있던 일들을 가만가만 얘기해 나갔다. 그런데 이상했다. 우리의 대화가 길어지면 길어질수록 뭔가 공허하게 흘러가고 있다는 생각이 들었다. 다른 날과 다름없이 서로의 얘기에 집중하고 웃어 주고 반응해 줬지만, 동시에 뭔가 미묘하게 어긋나고 겉돌고 있다는 느낌이 들었다. 그래 맞았다. 그때 내 신경은 온통, 그날 처음 만난 상운 씨에게 가 있었다. 나와 우리 앞에, 우리 모두의 감정을 뒤흔들 사람이 나타났음을, 나와 우리는 직감했던 것이다. 그날 내가 본, 스물아홉 살의 상운 씨는 무척 아름다웠다. 너무 아름다워서 불안했고, 불안해서 더 내 머릿속을 떠나지 않던 그날의 상운 씨였다.

몸이 으슬으슬 추워지더니 두통이 일었다. 내 곁으로 자리를 옮겨 앉은 세현이가 말없이 나를 끌어안았다. 나는 그의 가슴에 얼굴을 파묻고는 깊은 숨을 내쉬었다. 빠르게 뛰는 그의 심장 소리가 들려왔다. 그래서 묻지 않을 수가 없었다. "넌 이 순간을 어떻게 견뎠니?"

"울었지. 그냥 울었어." 그가 울먹이기 시작했다.

그의 울먹임에 나도 울고 말았다. 내가, 아니 우리가 짓밟아 버린 아름다운 사람. 세현이가 이 세상에 존재하지 않았다면 내가 사랑했을지도 모를 사람. 그 사람이 자기 스스로를 파괴해 버린 것이었다.

손경애

반나절 동안 책상 앞에 앉아 있었지만 고작 『수줍음』 한 페이지를 번역하는 데 그치고 말았다. 도저히 집중을 할 수 없어서였다. 밖은 벌써 어스름해져 있었고, 매미 울음소리가 사라진 자리에는 귀뚜라미 울음소리가 생겨났다.

저녁상을 차리기 위해 주방으로 갔다. 아침에 대접받은 게 미안해서 저녁엔 뭐라도 만들어 먹일 생각이었다. 그런데 반지 하나 때문에 시간도 마음도 모두 빼앗겨 버린 상태였다. 우선 압력밥솥에 밥부터 앉힌 다음, 급한 대로 냉장고에 있는 반찬을 꺼내 식탁을 차렸다. 식탁 중앙이 허전한 것이 아무래도 안 되겠다 싶어 김치냉장고에서 배추김치 한 포기를 꺼내어 김치찌개를 끓였다. 냉동실에 있는 돼지 목살이 그나마 체면을 살려 주었다.

멸치와 뒤포리와 다시마로 국물을 우려냈다. 마늘을 찧고 양파를 썰고 대파를 써는데 눈이 매워 눈물이 났다. 문득, 아들의 여자들이 떠올랐다. 아들의 연애는 하나같이 느렸다.

그만큼 신중했다는 의미일 수도 있었다. 아들은 스물한 살 때 한 번, 스물일곱 살 때 한 번, 사귀던 여자애를 집으로 데려 온 적이 있었다. 스물한 살 때 만난 여자애는 아들과 같은 대학의 법학과 학생이었는데, 부모님 둘 다 대형 로펌에 근무하는 법조인 집안이었다. 스물일곱 살 때 만난 여자애는 아들과 같이 모교 대학병원에서 인턴으로 근무하던 의사였는데, 부모님은 사업가에 교수였다. 두 아이 모두 쌍꺼풀 없는 눈을 가져서 '우리 아들은 순수한 눈매를 가진 여자애를 좋아하는 구나.'라고 짐작하고는, 밖에서 지인들의 딸을 만나면 습관적으로 눈의 쌍꺼풀부터 확인하고는 했더랬다. 그런데 저 정수연이란 아이는 눈에 쌍꺼풀이 있었다.

"뭐, 이상형은 나이 들면서 얼마든지 바뀌기도 하는 거니까." 우습게도 나는 아들을 두둔하고 있었다.

찌개 냄비가 화가 난 듯 들썩거렸다. 뚜껑을 열어 썰어 둔 양파와 대파를 넣고 약한 불에 한소끔 더 끓였다. 찌개가 완성되길 기다리며 식탁에 턱을 괴고 앉았다. 몸을 움직이지 않으면 내 머릿속은 여지없이 북두칠성 반지가 촉발시킨 의문으로 가득 들어찼다. 그런데 저 두 사람이 이 집에 온 진짜 의도는 무엇일까? 정말 아들 노릇을 해 주러 온 것일까? 의문은 또 다른 의문을 불러들여, 나는 남자애의 편지에서 느꼈던 진정성마저 의심하려 들었다. 사실, 죽은 친구를 대신해 그 친구의 부모에게 아들 노릇을 해 주러 올 정도라면 에미인 내가 저 남자애를 모를 리 없잖은가? 아들과 반지를 나눠 낄 정도인 여자애의 경우도 마찬가지였다.

아무튼, 이리저리 퍼즐을 맞춰 본 결과 내 잠정적인 결론은 이렇다. 아들은 저 여자애를 사이에 두고 남자애와 줄다리기를 벌이다 그 싸움에서 진 게 분명했다. 저 둘의 사랑놀음이 우리 아들에게 상처를 안겨 줬고, 아들은 홧김에 저 말도 안 되는 조은영이란 여자애를 만나러 다니다 사고를 당한 것이었다. 그리고 저 둘은 그게 미안해서, 그러니까 아들이 그렇게 된 최초의 원인이 자기들이란 생각에 그게 미안해서 나를 찾아온 것이다……. 아, 모르겠다. 나는 체머리를 흔들며 식탁에서 일어났다. 의문과 의심이 확증 편향으로 이어지고 있었다. 확증 편향이 무서운 것은 오류의 가능성을 염두에 두지 않는다는 데에 있었다.

밥이 완성됐음을 압력밥솥의 음성이 알려 왔다. 주걱으로 밥을 서너 번 뒤적거려 놓고는 김치찌개의 맛을 확인했다. 그리고 두 사람을 불러내기 위해 3층으로 올라갔다. 방문에 노크를 하려는데 안에서 다투는 듯한 소리가 들려서 손을 내렸다.

"……드려야 하지 않아?" 여자애의 목소리였다.

"안 돼!" 남자애가 단호하게 소리쳤다.

"왜 안 돼?"

"모르는 게 나을 수 있어. 그리고 다 끝난 일이잖아!" 남자애의 목소리가 격양되게 올라갔다.

"뭐가 다 끝난 일이야? 지금 우리가 이러고 있는데?" 여자애가 맞받아쳤다.

"아무튼 안 돼!"

"편지 가져왔지? 줘 봐. 읽어 보게."

"나한테 쓴 걸 네가 왜?"

"내가 아주 무관한 사람은 아니잖아?"

"……."

"우리 셋 다 공범이라며. 그럼 나도 그거 읽어 볼 자격은 충분하다고 생각하는데?"

나는 발소리를 내지 않고 얼른 아래층으로 내려갔다. 무슨 일로 싸우는 것인지 짐작할 수가 없었다. 그래도 저녁은 챙겨 먹여야 하기에 아래층 계단 앞에서 두 사람을 불렀다. "내려와 저녁들 해!"

못 들었는지 대답이 없었다. 그래서 더 큰 목소리로 다시 불렀다. "내려와 저녁들 하자니까!"

한참 만에 남자애와 여자애가 내려왔다. 울었는지 여자애 눈이 퉁퉁 부어 있었다.

"찬이 부실해서 김치찌개를 좀 끓였는데 입에 맞을지 모르겠네." 여자애의 표정을 살피며 말했다.

남자애가 난처해하며 대답했다. "죄송해요, 어머니. 저희 잠깐 바람 좀 쐬고 올게요. 수연이가 두통이 있대서요." 남자애가 여자애의 눈치를 살폈다.

나는 안방 쪽으로 걸음을 떼며 말했다. "두통약 있는데, 줘?"

남자애가 손사래를 치며 대답했다. "아니, 약 먹을 정도는 아니고요. 아이스크림 하나 사 먹이면 될 거예요."

"두통 있을 때 차가운 거 먹으면 더 안 좋지 않나?" 걱정된 마음에 여자애의 얼굴색을 살폈다.

남자애가 억지웃음을 지어 보이며 대답했다. "보통은 그런데 수연이 쟤는 이상하게 그 반대더라고요. 어머니, 뭐 드시고 싶은 거 있으세요? 들어올 때 사올게요."

나는 없다고 했다. "다 저녁 때 무슨. 얼른 나가 봐. 너무 늦지 않게 들어오고."

"네." 남자애의 눈이 차려진 저녁 식탁에 머물렀다. "근데 밥 혼자 드셔서 어떡해요?"

"아이고, 별소릴." 얼른 나가 보라는 뜻으로 남자애의 등을 현관 쪽으로 떠밀었다.

남자애와 여자애가 나갔다. 혼자 남겨진 나는 김치찌개 한 그릇과 밥 반 공기를 퍼 식탁에 앉았다. 젓가락을 드는데 휴대폰이 울렸다. 아프리카에 있는 남편이었다.

— 별일 없지?

— 별일이라…… 있는 것 같기도 하고, 없는 것 같기도 하고.

— 뭔 소리야? 저녁은 먹었고?

— 지금 먹는 중이에요.

— 혼자라 무섭진 않고?

— 애들이 있는데 무섭긴요.

여기서 말하는 애들이란 솜, 쿤, 루, 잔을 얘기하는 것이었다. 나는 살짝 웃음 섞인 목소리로 말을 이었다.

— 근데 생각해 보니 다시 혼자가 되긴 했네요.

— 그건 또 뭔 소리야?

— 나 집에 혼자 있는 거 하루 이틀 일인가 뭐. 촬영은요?

— 내일 하루 더 찍어 봐야 할 것 같아. 아주 징글징글해. 이러다 쉬어 보지도 못하고 한국 돌아가게 생겼어. 거긴 아직도 더워?

— 오늘도 폭염주의보 내렸으니까. 아무튼 고생해요.

— 그래, 당신도. 문단속 잘 하고 자고.

— 알았어요.

남편과 통화를 끝내고 중단된 식사를 다시 이어 나갔다. 밥도 잘된 데다 찌개도 맛있어서 혼자 먹기엔 좀 아쉽다는 생각이 들었다. 그래서 나는, 김치찌개는 하루 묵혀 두면 더 맛있어진다는 원리를 들먹이며 스스로를 위로하듯 이렇게 중얼거렸다.

"뭐, 내일 먹이는 게 더 나을지도 모르니까."

근데 저 둘은 무슨 일로 말다툼을 벌인 걸까? 마치 그 이유를 알고 있기라도 하듯, 식탁 밑으로 다가온 루와 잔이 나를 올려다보며 번갈아 야옹댔다.

오늘 밤엔 열대야가 나타날 모양이었다.

권세현

수연이와의 사소한 실랑이가 감정싸움으로 이어지려던 참이었다. 괜히 어머니 귀에 우리 말소리가 새어 들어가기라도 할까 봐 집 밖으로 나와야 했다.

그녀와 함께 차에 올라탔다. 내비게이션을 켜지 않은 자동차는 내키는 대로 아스팔트 도로를 따라 달렸다. 이 차가 어디까지 가게 될지는 나도 몰랐다.

"왜 얘기하지 말라는 거야? 가장 먼저 알아야 할 사람은 상운 씨 어머니셔." 그녀가 아까 끝내지 못한 얘기를 다시 시작했다.

"넌 어쩜 그렇게 잔인하냐?"

"진실을 아셔야 한다는 뜻이야." 그녀는 여전히 물러서지 않았다.

"상운이가 원하지 않는데도?"

"오늘 아침 식사 때도 봐. 상운 씨 사고에 아직도 의문 품고 계셨던 거."

"그래, 좋아. 네 말대로 말씀드린다 쳐. 그럼 그다음엔? 어머니가 '우리 아들이 왜?'라고 물으시면 그땐 뭐라고 할 건데?"

그녀는 거기에서 말문이 막혔다. 그러자 아까 대답을 듣지 못한 것에 대한 질문을 이어 나갔다. "그럼 아까 상운 씨 방에서 찾고 있던 건 뭐고, 그 조은영이란 애는 뭔데?"

"나도 몰라. 내가 찾아야 하는 게 뭔지. 그리고 그 조은영이란 여자는……." 나는 잠깐 숨을 골랐다. "상운이처럼 그냥 죽음이 필요했던 사람일 뿐이야. 너도 예전에 들어봐서 알잖아. 그 여자의 삶이 어땠는지는."

백번 듣는 것보다 한 번 보는 게 낫다 했던가. 그래서 하는 수 없이 나는 바지 뒷주머니에 챙겨 온 상운이 편지를 수연이에게 건넸다. 그렇게 읽고 싶어 하던 상운이의 편지가 막상 눈앞에 나타나자 그녀의 눈빛은 망설임으로 흔들리기 시작했다. 그녀도 알아 버린 것이다. 죽기 직전에 남긴 누군가의 글을 읽어 본다는 게 어떤 슬픔인지를. 어떤 용기와 어떤 각오를 필요로 하는 일인지를.

한참을 기다려도 편지를 꺼내 펼칠 생각을 않던 그녀가 가만히 손을 움직였다. 세현이의 사고 당일의, 아니 자살 당일의 행적은 노란 봉투 속 편지에 어렴풋하게나마 들어 있었다. 그녀가 상운이의 편지를 읽어 내려가기 시작했다.

세현이에게

놀랐지? 이 편지를 세현이 네가 받아 볼 즈음이면 내가 죽은 지 3년이 지나 있을 거야. 3년이 지난 내 죽음은 살아 있는 이들에게 어떻게 받아들여질까? 하지만 내 죽음에 많은 의문은 없었을 거라고 생각해. 왜냐하면 나는 그저 운 나쁜 교통사고로 죽은 것으로 돼 있을 테니까. 물론, 지구상에서 벌어지는 모든 현상을 의문으로 바라보는 사람들은 이런 질문을 해 볼 테지. '대체 강릉엔 뭐 하러 간 걸까?' '내 차에 동승한 조은영이란 여자는 나와 무슨 관계인 거지?' '음주 운전이라곤 해 본 적이 없던 사람이 왜 술을 마시고 운전대를 잡았을까?' 아마 세현이 너도 그런 사람들 중 하나일 거라고 생각해. 그게 내가 너에게 이 편지를 남기기로 한 이유이기도 하고.

그전에 내 장례식은 어떤 풍경이었을까? 우리 어머니는 실신해 쓰러졌을 테고, 눈물이 많은 천방지축 여동생은 하염없이 눈물만 흘렸을 테지. 우리 아버지는 입술을 깨물며 슬픔을 참아 내려고 무진장 애썼을 거야. 그래서 너에게 부탁 하나만 할까 해. 돌아오는 이번 내 생일에 치즈 케이크와 와인 한 병 사들고 우리 집에 들러 주지 않을래? 늦었지만 우리 부모님의 슬픔을 세현이 네가 위로해 줬으면 좋겠어. 며칠만 우리 어머니 곁에 머물면서 내가 다 하지 못한 아들 노릇을 좀 해 줬으면 해. 그리고 우리 가족과 함께 내 3주기를 지켜봐 주면 더 고마울 것 같아…….

여기까지 읽어 내려간 지금, 이 편지 위에는 아마 세현이 네 눈물방울이 점점이 떨어져 있겠지? 그런데 세현아! 이 편지를 써 내려가는 지금, 내 눈에도 역시 방울진 눈물이 흘러내리고 있어. 나는 그날 이후, 내내 마음 속 깊이 이렇게 울어 왔던 것 같아. 그걸 이겨 내 보려고 1년 전부터는 항우울제를 복용해 봤지만 별 소용은 없었어. 수연 씨 생일날, 약을 삼키는 나에게 네가 무슨 약이냐고 물었었지? 그때 피로회복제라고 둘러댄 건 항우울제였고, 그게 내 삶을 무너뜨린 시작점이 됐던 거야. 하루하루가 행복하기만 했던 내 삶이 항우울제 없인 버텨 낼 수 없는 삶이 되어 버리다니……. 그게 죽고 싶을 만큼 끔찍하고 싫었어. 그래서였어. 그래서 삶을 놓아 버리기로 한 거였고.

나는 지금 이 편지를 강릉 우체국의 '느린 우체통' 앞에서 쓰고 있어. 내가 원하는 날짜에 편지를 배달해 주는, 전국에 하나밖에 없는 느린 우체국이야. 내 차에 탄 조은영이란 여자는 오늘 강릉에서 처음 만났어. 나만큼이나 죽음을 간절히 원하는 사람이라

왠지 든든해. 근데 있잖아, 나와 같이 죽어 줄 여성을 찾아내는 일은 의외로 쉽고 간단하더라. 그래서 슬펐고, 절망스러웠고, 안타까웠어. 보이지 않는 곳에 내가 모르는 비극이 넘쳐난다는 사실을 나는 그때 처음 알았던 것 같아. 지금껏 수많은 죽음을 지켜봐 온, 의사였던 내가 말이지.

그녀와 나는 술을 나눠 마신 뒤에 강릉의 국도를 달릴 계획이야. 나는 남아 있는 사람들에게 내 죽음의 이유가 불운한 교통사고이길 바라. 그런 면에서 보면 나는 끝까지 비겁한 인간인지도 모르겠어. 내가 가진 패배와 결함과 좌절과 손상된 자존심을 죽어 가면서까지 감추려 한 거 보면 말이야. 어쩌면 그런 나였기에 그냥 살아갈 수 없었고, 그래서 이런 선택에 이르렀는지도 모르지. 그런데 나, 이런 내 선택에 후회는 안 해. 이러지도 저러지도 못하는 삶은 정말 비극일 테니까.

이만 써야 할까 봐. 조은영이란 여자가 날 기다려. 그 말이 마치 '죽음'이 날 기다린다는 말처럼 들린다. 그녀는 살아남아 있을 사람들에게 몇 달 후에, 혹은 몇 년 후에 남기고 싶은 말이 하나도 없나 봐. 그런 그녀에 비하면 나는 참 행복한 사람이었다는 생각이 들어. 감사할 게 남아 있다는 것만으로도 나는 지금 충분히 위로받은 기분이야.

내 부탁 꼭 들어줄 거라 믿어. 아, 그리고 우리 집에 가면 내가 너한테 남기는 선물 하나가 있을 거야. 그것이 무엇이고 어디에 숨겨 됐는지는 말하지 않을게. 우리 집에 꼭 가게 하기 위한 내 미끼이자 작전이니까. 어릴 때 소풍 가서 했던 보물찾기라고 생각하면 재밌을 거야. 우리 집 구조는 나보다 네가 더 잘 알 테니까 쉽게 찾아낼 거라 생각해. '실수'란 단어를 떠올린다면 힌트가 되려나…….

이제 가 봐야겠다. 수연 씨랑 행복해야 해. 정말로 죽음이 기다린다…….

너의 친구 유상운으로부터.

수연이의 눈에서 흘러내린 눈물방울이 가슴팍 위로 점점이 떨어졌다. 그녀가 입고 있는 회색 면티는 그녀의 감정을 고스란히 보여 주고 있었다. 나는 콘솔 박스를 열어 티슈 세 장을 뽑아 건넸다.

"상운 씨 보고 있으면 항상 조마조마했었어." 눈물과 콧물을 닦아 내고 난 그녀가 울먹이는 목소리로 말했다. "너무 완벽해서 불안했는데, 결국은 그 완벽성이 그런 선택을 부추기게 만든 거야." 눈물을 닦아 낸 자리에 눈물이 또 흘러내렸다.

수연이 말이 맞았다. 그 친구를 짓밟은 건 그녀도 나도 아닌, 상운이 자신이었다. 설거지를 하다 실수로 깨뜨린 접시 하나에도 스스로를 용납하지 못해 안달을 하던 녀석이었다. 울먹임을 벗어난 그녀의 감정은 어느새 상운이를 향한 비아냥으로 바뀌어 갔다. "정말 무섭고 나쁜 사람이야. 어떻게 자기 죽음마저 완벽을 추구하려 들 수가 있어?"

"……"

"근데 그렇게 완벽한 상운 씨도 조은영보다 나은 여자는 구할 수 없었나 보지?"

"……"

"자기 수준에 맞는 여자를 구했더라면 어머니 의심도 안 샀을 텐데, 안타까워서 어째? 그 잘난 유상운의 마지막 여자가 별 볼일 없는 조은영이 돼 버렸으니 그만한 결함이 또 어딨어? 아니지, 그나마 이런 설정이 더 나은 건가?" 그녀의 입에서 냉소적인 코웃음이 새어 나왔다.

몇 번의 침묵을 깨고 내가 말했다. "그만하자. 네 맘 이해하니까 그만하자고."

그녀는 화가 많이 나 있었다. 하지만 상운이를 향한 그녀의 분노는 자신의 안타까운 감정을 드러내는 방식일 뿐이라는 걸 나는 잘 알고 있었다.

"근데 수연아, 나도 상운이랑 똑같은 놈이야. 그런 내 옆에 있는 너도 마찬가지고. 그래서 난 상운이한테 화를 낼 수 없다." 나는 감정이 배제된 목소리로 읊조리듯 말했다.

"그래서 더 화가 나는 거라고!" 그녀가 씩씩거리며 덧붙였다. "너나 나도 마냥 좋은 것만은 아니잖아!"

소모적인 대화에서 그만 벗어나고 싶어서 말없이 티슈 한 장을 뽑아 그녀에게 건넸다. 퉁퉁 부은 눈이 그녀의 진심을 전달해 주고 있었다.

내 자동차는 목적지 없는 어둠을 계속해서 달렸다. 눈물을 멈춘 수연이는 더 이상 입을 열지 않았다. 그래도 상운이의 죽음을 그녀와 나눠 질 수 있어서 다행이란 생각이 들었다. 이조차 나를 아는 그녀이기에 가능한 것이었다.

나는 갓길에 차를 세우고 내비게이션을 켜 현재 우리의 위치를 확인했다. 양평에서 출발한 우리는 수원에 와 있었다. 그만 돌아가야 할 것 같아 내비게이션에 상운이네 집 주소를 입력한 다음, 방향을 틀어 가속 페달을 밟았다. 가는 길에 아이스크림이든 뭐든 먹고 들어가자는 말에 수연이는 간신히 고개를 끄덕였다. 그리고 그때처럼 운전 중인 내 오른쪽 손을 자기 쪽으로 바짝 끌어당겨 깍지를 끼었다. 그녀가, 상운 씨가 말한 게 뭔지 모르지만 자기도 같이 찾아 주겠다고 했다. 그러나 나는 그럴 필요 없다고 했다. 둘이 움직일 경우 어머니의 눈에 띌 가능성이 더 높아지기 때문이었다. 대신 노파심에 이렇게 말했다.

"방금 읽은 상운이 편지, 우리 둘만의 비밀이 돼야 하는 거 알지? 어머니 앞에선 되도록 밝게 행동하고."

"알았어." 그녀가 고개를 끄덕였다.

그리고 그때서야 나는, 우리 집 구조는 나보다 네가 더 잘 알 거라던 상운이의 말을 떠올렸다. 그게 힌트가 될 수 있다는 생각을 여태껏 못하다니. 가구 안이나 액자 뒤를 확인할 일이 아닌 것이었다. 나는 혼잣말처럼 말했다. "그것도 힌트였어."

"뭐가?" 그녀가 예민하게 물었다.

"아, 아니야." 나는 수연이의 손을 세게 움켜잡으며 차의 속도를 높였다. 상운이 집에 도착하는 대로 아이패드를 열어 설계도면과 조감도와 투시도를 살펴봐야겠다. 그거라도 들여다보면 감이 잡힐지 몰랐다.

끝없이 펼쳐진 한밤의 도로가 다급해진 내 마음을 부추겼다.

손경애

어제의 부실했던 저녁 식탁이 신경이 쓰여 아침에 눈 뜨자마자 백화점에 다녀오는 길이었다. 메뉴를 고민하다 달력을 보니 마침 오늘이 말복이었다. 그래서 껍질을 벗겨 토막 낸 닭 두 마리와 전복, 그리고 인삼과 대추 등을 샀다. 아들은 녹두와 쌀을 넣고 끓인 삼계탕을 좋아했다.

차고에 차를 주차해 놓고 집으로 들어갔다. 아직도 잠을 자는 중인지 위층은 조용했다. 반지에 얽힌 사연이야 어찌 됐든, 집에 온 손님인 이상 대접을 소홀히 할 수는 없었다. 저들끼리의 속사정은 차치하더라도 쟤들이 아들의 친구들인 것만은 분명하지 않은가. 그리고 사람의 감정이란 의지 하나로 움직여지는 게 아니었다. 심장에 가장 가까운 감정일수록 더 그렇다.

주방으로 들어가 재료 손질을 시작했다. 닭은 껍질까지 벗겨 토막을 내 준 터라 따로 손질할 것은 없었다. 비린내 제거를 위해 우유에 닭을 재워 두고는 전복과 인삼과 대추를 씻어 손질했다. 이럴 때 누가 옆에서 마늘을 까 주면 좋을 텐데……. 아들과 딸을 둔 나였지만, 주방에서 요리를 하고 있을 때 일손을 거들어 준 쪽은 항상 아들이었다. 내 자식들은 좀 이상했다. 딸에게 있었으면 하는 애교는 아들에게 있었고, 아들에게 있었으면 하는 털털함은 또 딸에게 있었다. 그리고 보통은 딸이 엄마를 위해 준다는데, 어떻게 된 게 우리 집은 아들이 엄마를 위해 준 적이 많았다. 생일 선물로 받은 화장품과 브로치를 비롯해, 스카프와 속옷과 구두 등은 대체로 아들이 해 준 것이지 딸이 해 준 게 아니었다.

물론 운동할 때의 아들은 또 아들이었고, 첼로를 켤 때의 딸은 또 딸이었다. 하지만 나는, 주방에서 요리를 하고 있을 때 말없이 다가와 멸치 머리를 떼 주고 마늘을 까 주는 아들의 다정다감한 성격이 좋았다. 어쩌면 그것은, 유학 생활로 늘 우리 곁을 떠나 있어야 했던 딸을 대신해 딸 역할까지 해 주려 한 아들의 노력이었는지도 모르지만, 그게 노력이든 천성이든 나는 딸 같은 아들이 좋았다. 섬세하고, 차분하고, 꼼꼼한 아들이. 그래서 가끔 나는 아들의 나이가 결혼 적령기에 가까워지는 게 싫어지고는 했다. 아들의 결혼은 내 맘 같은 자식 하나를 빼앗기는 일 같았기 때문이었다. 아들의 결혼을 바라면서도, 한편으로는 아들의 결혼이 늦춰지기를 바랐던 나. 그런데 신은 때로 인간이 바라는 바를 너무 지나치게 들어주기도 하는 걸까. 나는 총각으로 죽은 아들이 내 욕심이 부른 참극 같아서 고통스러웠다. 에미인 내 그릇된 욕망이 비틀린 방식으로 아들에게 미친 거라면, 아들의 죽음은 내 탓인 게 분명했다.

"삼계탕 하시게요?" 등 뒤에서 남자애 목소리가 들려왔다.

언제 일어나 내려온 것인지, 아까 팬트리에서 꺼내 놓기만 하고 손도 못 대고 있던 마늘을 남자애가 식탁에 앉아 능청스레 까고 있었다.

"응, 달력을 보니까 오늘이 말복이길래. 더 자지 않고?" 앞치마로 젖은 손을 닦으며 남자애에게 말했다.

"저희 괜히 왔나 봐요."

"왜?"

"저희 때문에 어머니 고생만 시키고. 아들 노릇해 주러 왔다가 되레 대접만 받고 가는 것 같아서요."

"별소릴. 누가 하든 같이 맛있게 먹어 주면 되는 거지."

"어머니, 그럼 이따 저녁때는 마당에서 바비큐 파티나 할까요? 마당에서 영화도 보고요."

"좋지. 근데 마당에서 영화를?"

"빔 프로젝터 챙겨 왔거든요. 이 집은 스크린으로 쓸 수 있는 하얀 외벽이 많아서 안성맞춤이에요. 준비는 제가 다 해 놓을 테니까 어머넌 절대 움직이지 말기예요!" 남자애의 미소가 예뻤다. "아, 그리고 내일은 제가 야키소바 만들어 드릴게요."

"일본 요리도 할 줄 알아?" 칼질을 하다 말고 남자애를 쳐다봤다.

"일본에 있을 때 배웠는데, 그거 의외로 쉽고 간단해요. 한국인 입맛에도 잘 맞고요."

"아참, 일본에서 유학했댔지? 근데 집에서도 그렇게 어머니 잘 도와주고 그래?"

"독립하기 전에는 종종요. 제사가 많은 집이라, 저희 두 여동생도 그렇고 어릴 때부터 어머니 돕는 게 몸에 배서요."

"환경이 가르친다더니. 우리 딸은 부엌엔 얼씬도 안 해." 나는 콧잔등과 얼굴을 과장되게 웅그렸다.

"근데 저희 여동생들도 머리 커진 뒤로는 꾀만 늘어서 요즘엔 시켜야 겨우 한다니까요."

자꾸만 나도 모르게 피식피식 웃음이 나왔다. 아들하고 재잘대고 있는 것 같아서였다. 남자애가 개수대로 자리를 옮겨다 깐 마늘을 뽀득뽀득 씻었다. 재료 준비는 끝났으니 이제 끓이기만 하면 되었다. 큰 냄비에 닭과 부재료를 넣고 가스불을 켜자 남자애가 물었다. "근데 어머닌 원래 이렇게 닭 껍질 제거하고 하세요?"

"응. 이러면 덜 기름지고 덜 느끼하거든."

"나중에 저도 그렇게 한번 해 봐야겠어요." 남자애가 수줍게 웃었다.

"수연이는 참 좋겠다. 요리 잘하는 남편 두게 생겨서."

"수연이도 요리는 곧잘 해요. 근데 수연이 쟤는 부엌 일이 따분하고 싫대요. 그래서 결혼하면 부엌은 제 차지가 될 확률이 높다니까요. 나중에 설마, 집안 살림 저한테 다 맡기고 나 몰라라 하진 않겠죠?"

"애 생기고 그러면 다 하게 돼 있어." 나는 괜히 웃음이 나왔다. 장가간 아들놈이 엄마 앞에서 자기 마누라 홍보하는 것 같아서였다.

남자애가 불만스레 말했다. "아니에요, 어머니. 수연이 쟤는 나중에 애 낳으면 애도 저한테 맡길 애예요. 쟤는 천성적으로 바깥일을 더 좋아한다니까요?" 남자애의 목소리가 점점 속삭이듯 변해 갔다.

"여자들한테는 모성애라는 게 있거든? 두고 보면 알 거야."

그때 여자애가 늘어지게 기지개를 켜며 위층에서 내려왔다. "방금 나 흉보는 소리 들리던데?"라는 여자애의 말에 남자애가 눈을 찡긋거리며 나를 쳐다봤다. 그 순간 나는, 내가 저 두 사람과 많이 친해졌다는 생각이 들었다. 남자애가 시치미를 뗄 요량으로 나에게 "전복은 맨 나중에 넣는 거 맞죠?"라고 대답을 요하지 않는 물음을 던지고는 음식물 쓰레기를 들고 냉큼 자리를 피했다. 그래서 나도 여자애 몰래 속으로 웃어야 했다.

냄비가 팔팔 끓어오르기 시작하자 국자로 기름기를 계속 걷어 냈다. 불려 둔 녹두와 쌀을 넣고 한소끔 더 끓인 다음, 전복을 통째로 넣었다. 색감을 내기 위해 마지막으로 쪽파와 당근을 자잘하게 썰어 넣었다. 인삼 향이 밴 삼계탕 냄새를 맡고 솜과 쿤, 루와 잔이 식탁 밑으로 몰려들었다. 요리의 완성은 항상 쟤네들이 먼저 알아채는 것 같았다.

셋이 식탁에 둘러앉아 수저를 들었다. 상앗빛 사기그릇에 담긴 삼계탕이 고운 빛깔을 자아냈다. 쌀과 녹두와 당근이 어우러져서 더 그래 보였다. 첫 술을 뜨고 난 두 사람의 입에서 감탄의 말이 쏟아져 나왔다.

"와, 기름기가 없으니까 확실히 담백하네요. 녹두가 들어가서 더요." 먼저 남자애가 말했다.

그리고 남자애의 말을 이어받아 여자애가 거들었다. "정말 느끼하지 않고 좋아요. 제가 원래 쌀 들어간 삼계탕은 별로 안 좋아하는데, 이건 다 먹을 수 있을 것 같아요."

"어머니, 쟤는 어떤 줄 아세요?" 남자애가 여자애를 쳐다보며 끼어들었다. "삼계탕 먹으러 가면 닭만 건져 먹고 나머진 입도 안 대요."

"저런." 또 시작인가 싶어 나도 모르게 웃음이 나왔다.

"그럼 어쩔 수 없이 인삼이며 대추며 국물까지 제가 대신 다 먹어 줘야 한다니까요?" 남자애가 김치 한 조각을 집어먹으며 말을 이었다. "다시는 너랑 삼계탕 먹으러 안 간다고 하면 알았대요. 그래 놓고 여름 되면 저보고 또 삼계탕 먹으러 가자고 졸라요."

여자애가 곁눈질로 남자애를 쏘아보며 응수했다. "먹기 싫은 걸 어떡하냐?" 여자애가 억울해하는 표정으로 나를 쳐다봤다. "어머니 전요, 밥알에 밴 기름기 삼키는 거 정말 느끼해서 싫거든요. 인삼은 써서 싫고, 대추는 그냥 싫고요."

"알아. 나도 그렇거든." 이번엔 여자애 편을 들어주기로 하고 그렇게 말했다.

남자애가 여자애에게 쏴붙였다. "야, 그럴 거면 몸보신은 왜 하러 가냐?"

"자기가 좋아하는 것만 먹으면 그게 몸보신인 거지 달리 몸보신인가? 그리고 난 몸에 열이 많아 인삼하고 대추는 체질 상 안 맞는단 말이야." 여자애가 지지 않고 또 한번 응수했다.

내가 끼어들었다. "으이그, 그만들 해. 그러다 싸우겠어."

그래도 저렇게 티격태격하는 모습들이 내 보기엔 좋아 보였다. 그러면서도 내 시선은 한 번씩 여자애의 약지에 가 머물렀다. 나는 속으로 '왜 우리 아들하고 똑같은 반지를 수연이 네가 끼고 있는 거니?'라고 묻고는 남자애의 손을 훔쳐봤다. 여자로서, 그리고 엄마의 눈썰미로 봤을 때, 남자애는 손가락에 반지를 끼어 본 적이 없었다. 반지를 끼었다 뺀 자리에는 어떤 식으로든 자국이 남아 있기 마련인데 남자애의 손가락에는 그런 흔적이 보이지 않았다.

"어머니, 밥 있죠?" 정신없이 닭고기 살을 발라 먹던 남자애가 갑자기 자리에서 일어나더니 물었다.

"밥은 왜?"

"김치찌개도 먹고 싶어서요."

마음이 저리 예쁠 수가 없었다. 남자애는 어제 저녁에 먹어 주지 못한 내 김치찌개를 지금이라도 먹어 주려는 것이었다. 하는 짓이 어쩜 저렇게 우리 아들을 빼닮았는지 모르겠다.

상운이도 내가 만든 음식을 그날 먹어 주지 못하면 꼭 그 다음날 배가 불러도 먹어 주던 아이였다. 남자애를 따라 자리에서 일어난 나는 김치찌개 냄비를 가스불에 올렸다. 그사이 남자애는 압력밥솥에서 밥 한 공기를 퍼 담았다.

하루 묵혀 둔 김치찌개는 역시 맛이 깊어져 있었다. 삼계탕 그릇을 다 비운 남자애가 맨밥에 김치찌개를 먹기 시작하는데 나도 모르게 그만 울컥하고 말았다. 남자애와 여자애가 밥을 먹다 놀라서는 나를 쳐다봤다. 왜 그러시냐고 묻는 남자애는 이미 그 이유를 알고 있는 것 같았다.

"또 생각나신 거죠……." 남자애의 표정이 시무룩하게 흘러내렸다.

"왜 그렇게 뭐 먹을 때 부쩍 생각이 나나 몰라." 나는 고개를 돌려 눈물을 훔쳤다. "내가 또 주책을 부렸네. 얼른 들어, 얼른."

그런데 여자애의 삼계탕 그릇을 보는 순간, 글썽거리던 내 눈가에는 금세 웃음이 지어졌다. 다 먹을 수 있을 것 같다더니 결국 인삼과 대추를 고스란히 남기고 만 것 때문이었다. 그래도 밥알은 먹을 만했던 모양인지 그릇에는 밥 한 톨 남아 있지 않았다. 버려지는 게 아까워 여자애 삼계탕 그릇으로 손을 뻗치는데 남자애가 자기가 먹겠다며 선수를 쳤다.

"이번이 마지막이다. 이제 너랑은 절대 삼계탕 안 먹을 테니까 그런 줄 알아." 남자애가 여자애의 삼계탕 그릇을 자기 쪽으로 끌어당겼다.

"그러시든지." 여자애는 아랑곳없이 물을 들이켰다.

남자애가 인삼과 대추를 한꺼번에 입에 넣고 우물거렸다. 쓰디쓴 인삼 맛에 남자애 눈가가 찡그려졌다. 남자애도 인삼을 좋아하는 건 아니었다. 그러기에 저 둘은 결혼하면 알콩달콩 잘 살 애들이라는 생각이 들었다. 어느 쪽이 더 좋아하고 덜 좋아하든 간에 말이다.

그때였다. 뜬금없이 초인종 소리가 났다. 올 사람이 없어서 '누구지?' 하며 현관 쪽으로 걸어가 인터폰 모니터를 확인했다. 딸 상희였다. 한국에 들어올 날짜가 아니라 웬일이지 싶었다.

다각도 모양의 이모티콘을 눌러 집 앞 화면을 띄웠다. 모니터 속 딸은 자신의 차 뒷좌석에서 하얀색 첼로 케이스를 끄집어내고 있었다. 나는 얼른 대문을 열어 주고는 마당으로 뛰어나갔다. 딸을 만날 때마다 내가 가장 먼저 해 주는 일은 저 무거운 이탈리아산 첼로를 들어 주는 것이었다.

"웬일이야?" 나는 딸의 첼로를 빼앗다시피 내 어깨로 옮겨 메며 딸에게 물었다. "다음 주나 돼야 들어올 수 있다더니?"

"폭염 때문에 공연이 취소되는 바람에." 딸이 텁텁한 숨을 뱉어냈다. "뉴욕도 연일 폭염 경보로 비상이야. 그래도 한국은 좀 낫네. 이번에도 못 오는 거 아닌가 조마조마했는데 다행이지 뭐."

딸은 작년에 있었던 아들의 2주기를 우리와 함께하지 못했다. 공연 때문에 어쩔 수 없었음에도 딸은 내내 미안해했다. 앞으로 오빠 기일 전후로는 공연 스케줄을 잡지 않겠다고 했지만, 그게 말처럼 되는 일은 아니었다.

"아빠 아프리카에 있다며?" 딸이 물었다.

"아빠랑 통화했니?"

"그저께. 근데 아빠 오빠 기일 안에 들어올 순 있는 거야?" 딸이 현관에서 신발을 벗었다. "이번엔 혹시 아빠가 빠지는 거 아니야?"

"들어온댔어. 밥은?"

"배고파 돌아가실 지경. 어, 근데 저 사람들은 누구야?" 집 안으로 들어선 딸이 물었다. 그런데 곧바로 딸의 입에서 남자애를 향한 반가운 인사말이 터져 나왔다. "어머, 세현 오빠? 안녕하세요!"

나는 딸에게 남자애를 아느냐고 물었고, 딸은 남자애와 대화를 이어 가는 것으로 내 물음에 대한 대답을 해 나갔다. 딸이 식탁 의자를 빼고 앉으며 말했다. "오빠 장례식 때 보고 못 봤으니까 3년 만이네요? 그전에 우리 홍대에서 두어 번 마주쳤잖아요. 그죠?"

"으응, 그랬지." 남자애의 눈빛이 조금 당황해하는 것 같았다.

그제서야 딸이 내 얼굴을 쳐다보고는 말을 이었다. "한 6, 7
년 됐나? 여름방학이라 나 한국에 들어와 있었거든. 친구들
이랑 매일 홍대 싸돌아다니면서 놀 때였는데, 그때 오빠랑 같
이 걸어가는 걸 내가 먼저 알아보고 붙잡았잖아." 딸이 내가
건넨 얼음물을 들이켜고는 다시 말을 이었다. "근데 뭐가 급
했는지 오빠가 나 완전 쌩까고 가 버리더라고. 두 번째도 홍
대에서 비슷하게 만났는데, 그때도 인사 나눌 틈도 안 주고
가 버리더라니까. 아, 그땐 통성명은 했었구나. 그죠, 맞죠?"

남자애가 자리를 고쳐 앉으며 헛기침을 했다. "응, 생각난다.
근데 그때 아마 어디 급하게 갈 데가 있어서 그랬을 거야. 약
속 장소에 늦었다든가 뭐 그래서……." 그러더니 갑자기 남자
애가 물을 한 컵 들이켰다.

남자애에게 머물러 있던 딸의 눈이 다시 나에게로 옮겨 왔
다. 딸의 말이 계속 이어졌다. "집에 와서 오빠한테, 나 그 오
빠 맘에 든다고 소개시켜 달랬더니 여자 친구 있으니까 관심
끄라고 그러더라고. 그래서 바로 포기했지 뭐. 내가 또 남이
침 발라 놓은 건 탐하지 않잖아."

나는 식탁 밑으로 손을 내려 딸의 허벅지를 살짝 꼬집었
다. 딸이 그새를 가만히 있질 못하고 남자애 옆에 앉아 있는
여자애를 향해 말했다. "아, 저 언니구나? 그때 오빠가 말한
그 여자 친구가."

아무래도 딸을 위층으로 올려 보내는 게 좋을 것 같았다. 워낙에 말도 행동도 천방지축이라 어디로 튈지 모르는 아이였다. 좋게 말하면 친화력이 좋은 것이었고, 나쁘게 말하면 오지랖이 넓은 것이었다.

나는 딸의 팔을 잡아 끌었다. 식탁에서 딸을 일으켜 세우며 말했다. "우선 올라가 씻어라. 그리고 넌 클래식을 한다는 애가 쌩까고가 뭐니 쌩까고가. 말 좀 가려 쓸 수 없어?"

"집이고 우리끼린데 뭐 어때." 딸은 내 말을 귓등으로 흘려 버린다.

나는 딸 대신 한쪽 어깨에 첼로를 짊어졌다. 그리고 딸의 등을 떠밀어 위층으로 올라갔다. 그 와중에 딸이 뒤돌아 두 사람에게 물었다. "금방 씻고 내려올게요. 근데 저희 집엔 왜 온 거예요?"

"엄마가 얘기해 줄 테니까 빨리 올라가기나 해." 나는 딸의 등짝을 가볍게 때렸다.

한숨이 절로 나왔다. 저래 가지고 시집은 어떻게 보낼지 걱정이었다. 올해 스물아홉 살인 딸에게 남자 친구는 없었다. 아들 상운이와 달리 딸은 남자를 진득하게 만나는 편이 아니었다. 길어야 6개월이면 끝나는 딸의 숱한 만남들. 첼로도 그렇지만 딸은 싫증이란 걸 모르는 아이였다. 그런데 남자를 만나는 데 있어서는 왜 저러나 모르겠다. 그래도 딸의 저 밝은 성격 덕분에 나는 아들의 부재를 견뎌 낼 수 있었다. 눈물이 많은 딸은 그만큼 또 밝았다.

딸이 욕실로 들어갔다. 우선 삼계탕 한 그릇 먹이고 나서 딸애 방 청소를 해 줘야겠다.

정수연

창가에 양쪽 무릎을 세우고 앉아 수영장의 일렁이는 물결을 내려다봤다. 세현이가 평형으로 물속을 가르며 유유히 지나갔다. 그와 같이 물에 들어가고 싶었지만 갑자기 팬티에 생리가 비쳤다. 스트레스를 받으면 일주일 앞당겨 찾아오기도 했다. 아마 상운 씨 때문인 듯싶었다. 어젯밤부터 내 머릿속에는 상운 씨 편지의 마지막 문구가 끊임없이 맴돌고 있었다. '이제 가 봐야겠다. 수연 씨랑 행복해야 해. 정말로 죽음이 기다린다……' 어쩌면 나는 그 문구를 되새기는 게 아니라, 사고사인 줄 알았던 상운 씨가 스스로 죽음을 선택했다는 사실을 알았을 당시의 세현이를 되새기고 있는 것인지도 몰랐다. 그 사실을 알고 났을 때의 그의 슬픔과 그의 절망을 말이다.

사실 가끔 나는, 상운 씨를 향한 그의 슬픔이 잘 가늠되지 않을 때가 있었다. 그럴 때면 나는, 나에게 있어서의 세현이를 떠올려 보고는 했다. 그러면 그 슬픔의 농도가 어느 정도인지 금방 이해가 되었다. '나에게 있어서의 세현이'는 '세현이에게 있어서의 상운 씨'와 등가를 이루기 때문이었다. 그러니까 나에게는 나를 이해하는 일이 저들을 이해하는 일이었다. 세현이를 향한 내 감정을 내가 어찌해 볼 수 없었듯이 저들 또한 마찬가지였을 거라는, 하기 싫어도 해야만 하는 생각들. 나를 통해 저들을 이해한 나. 그러기에 수긍할 수밖에 없었던 서로를 향한 저들의 감정들. 그 사이에서 나는 고독했고, 때로 아팠다.

수영장을 누비는 그의 매끈한 등이 보인다. 아무리 노력하고 애원해도 나에게 '등'으로만 존재해 온 사람. 그런데 그 등을 바라보는 것마저 좋아서 16년 동안 그의 곁을 지켜 온 나였다. 나로 인해 완벽했던 그. 그래서 더욱 완벽할 수밖에 없었던 우리와 저들.

꿈틀대는 쐐기벌레를 손에 쥐고 나를 향해 지어 보이던 그 웃음에 빠져들고 만 나는 매일매일 숨처럼 그를 생각했다. 영화처럼 그를 꿈꾸고, 비처럼 그를 기다렸다. 나만큼이나 그림을 좋아하고, 나보다 더 그림에 대한 해박한 지식을 갖추고 있던 그. 땀이 나지 않아 자꾸만 잡고 싶게 만드는 그의 매끄러운 손. 반듯한 걸음걸이와 고르게 자리 잡은 치아와 숱이 많은 머리카락. 그리고 쌍꺼풀 없는 눈매와 예쁘게 자라는 턱

수염까지. 내가 사랑하고 싶었던, 차분한 성격의 남자.

그날의 고백이 떠오른다. 2년간 망설여 온 고백이었다. 그를 놓치게 될까 봐 두려워, 그에게 너를 좋아하고 싶다고 말해 버렸다. 우리 집 앞에서였다. 몇 분간의 침묵이 있은 뒤에 그의 대답이 돌아왔다. "고마워. 근데 미안해. 나는 태생적으로 여자를 좋아하지 않아." 전혀 몰랐다. 몰라서 놀랐지만, 나는 놀라지 않은 척을 했다. 왠지 그래야만 할 것 같았다. 어쩌면 나는, 그런 너까지도 좋아하고 싶다고 그에게 전하고 싶었는지도 몰랐다. 그의 대답이 이어졌다. "근데 참 이상하지? 이런 고백, 너한테 처음으로 하는 거야. 나 말고는 그 누구도 모르는 일인데, 왜 너인지는 나도 잘 모르겠다." 그러면서 앞으로 자기의 이런 고백을 듣게 될 사람은 없을 거라고 했다. "이성으로는 아마 수연이 네가 처음이자 마지막이지 싶어." 그 말이 어찌나 쓸쓸하게 들리던지 나는 그때 왈칵, 눈물을 쏟아 내고 말았다. 그 말은 곧, 자기감정을 동성에게는 고백할 수 있다는 뜻으로 이해되었기 때문이다. 그리고 그 눈물 뒤에 따라온 것은 두려움이었다. 놓치게 될까 봐 두려운 그 남자를 아예 가져 보지 못할 거라는 생각은, 태어나 내가 느낀 최초의 좌절이자 절망이었다.

나는 어떻게 해야 할지 알 수 없었다. 그는, 지우고 싶다고 지우개로 쉽게 지워지는 사람이 아니었다. 처음부터 그는 나에게 연필이 아닌 만년필로 쓰인 대상이었기에, 그를 내 인생에서 지우는 일은 불가능한 것이었다. 하지만 그는 나와 반대였다. 그는 언제든지 자기 인생에서 나란 여자를 삭제해 버릴 수 있는 사람이었다. 내가 원하는 사람이 나를 원하지 않는다는 사실과 그에게서 지워질 나. 그의 생각과 그의 일상과 그의 계절과 그의 숱한 감정들로부터 내가 없어진다고 생각하자 나는, 존재로서의 나를 상실해 버린 듯했다.

나는 그가 필요했다. 나를 버리더라도 그를 가지고 싶었다. 그것은 나를 위한 것이었고, 내 심호흡과 내 쓸모를 위한 것이었다. 그에게 쓸모 있는 내가 된다면, 그래서 그로부터 지워지지 않을 내가 될 수만 있다면, 나는 어떻게든 살아가질 것 같았다.

다행히 그는, 남들과 다른 자신의 정체성을 완벽하게 숨기고 싶어했다. 그리고 실제로 그는 남들과 다르지 않은 것처럼 살아갔다. 나는 그런 그를 지켜 주고 싶었다. 그렇게라도 그의 곁에 있고 싶었던 나는, 어느 날 그에게 이렇게 말했다. "너 나 필요하잖아. 내가 그런 사람 돼 주겠다고. 그러니까 우리 가짜로라도 서로 사랑하자. 대신에 내가 너 좋아하는 거 밀어내지만 말아줘. 응?" 그는 그럴 수 없다고 했다. 그럼에도 나는 우기고 또 우겼다. "완벽하게 숨기고 싶댔잖아. 근데 여자도 없이 그게 가능하다고 생각해?" "……" "이건 널 위한 게 아니고 날 위한 거야. 날 위해 그래 주면 안 될까?" 그가 내 눈을 바라보며 대답했다. "외로울지 몰라. 상처받을지도 모른다고." "괜찮아. 그게 내가 널 사랑하는 방법이라면 난 그렇게라도 하고 싶어. 그러니까 날 위해 그렇게 해 줘. 너 지키는 거하게 해 줘." "……." 그때 나는 그의 긴 침묵 안에서, 그가 나에게 미안해한다는 걸 느꼈다. 그런데 사실 나는, 그가 나에게 미안해하는 감정을 가졌다는 것만으로도 좋았다. 그것은 어떤 여지를 남겨 주는 일이었기에 그랬다. 껍데기인 그일지라도 내가 그를 가져 볼 수도 있다는 가능성의 틈. 그리고 그 여지는 정말로 현실이 되어 나타났다.

너를 좋아하고 싶다고 말한 지 한 달이 지난 뒤였다. 같이 밥을 먹다 그가 불쑥 나에게 말했다. "우리 그거 하자. 가짜로 사랑하는 거 한번 해 보자고." "정말?" "대신 수연이 네가 관두고 싶으면 언제든 얘기해." 결국 내 바람대로 세현이와 나는, 아는 사람은 다 아는 공인된 커플이 되었다. 우리는 보통의 연인들처럼 같이 밥을 먹고, 단둘이 종종 여행을 떠났다. 휴대폰 번호 뒷자리를 7740으로 통일시켰으며, 휴대폰 액세서리와 운동화를 똑같이 나눠 갖기도 했다. 그가 먼저 내 입술에 입을 맞춘 적은 없었지만, 나는 사람들 앞에서 그의 입술을 내 것인 양 다루기도 했다. 그렇게 우리는 커플링을 제외한, 연인들의 전유물이라 할 수 있는 모든 것들을 실천해 나갔다. 그래서 우리는 언제 어디에서든, 누구 앞에서든 완벽했다. 철저했던 만큼 우리를 의심하는 사람은 없었다. 그의 정체성이 탄로 나지 않은 것은 물론이었다. 간간이 우리를 두고, 연애와 사랑을 의리로 한다는 둥의 우스갯소리가 나도는 것 말고는 그랬다.

자리에서 그만 일어나려는데 상운 씨의 여동생 상희가 비키니 차림으로 수영장에 나타났다. 나는 창밖으로 고개를 내밀어 그들을 관찰했다. 물속으로 들어간 상희가 세현이 앞으로 수영해 다가가 말을 걸었다. 서로 무슨 얘기를 주고받는 것인지 그가 웃자 상희가 따라 웃었다. 그리고 상희가 웃으면 그가 또 따라 웃었다. 상희는 말할 때마다 손과 팔을 과장되게 움직였는데, 첼리스트라는 직업 탓인 듯했다. 상희가 이번엔 손뼉까지 쳐 가며 까르르 웃어댔다. 아무렇지 않은 척하려고 해도 괜히 신경에 거슬렸다.

"뭐가 저렇게들 재밌는 거지?" 예정에 없는 생리로 짜증이 나 있던 참에 짜증이 더 보태지고 있었다. "그래, 맘껏 꼬리쳐봐라. 넘어가나." 내 목소리는 내가 들어도 심통이 난 상태였다.

시합이라도 할 모양인지 그와 상희가 수영장 끄트머리로 자리를 옮겼다. 배영 자세를 취한 그들이 하늘을 바라보고 물에 누웠다. 팔을 휘저을 때마다 그의 가슴 근육이 꿈틀거렸다.

나는 그를 향해 긴 한숨을 뱉어내며 나직이 말했다. "왜 하필 너였을까, 왜 우리였을까……."

자신을 숨긴 채 살아가야 한다는 건 대단한 불편이었다. 나는 그가, 얼마나 많은 부정과 거짓으로 사람들을 대해야 했는지, 그 보통의 자세를 취하기 위해 얼마나 많은 '척'을 해야 했는지 잘 알고 있었다. 그래도 다행인 것은, 그는 그 괴리를 잘 견뎌 내 온 사람이라는 사실이었다. 하지만 상운 씨는 달랐다. 스물아홉 살, 봄날에서야 자신의 정체성을 깨닫게 된 상운 씨는 그 갑작스러운 괴리 앞에 혼란과 고통을 느꼈다. "수연 씨, 앞으로 난 어떻게 살아가야 돼? 이러지도 저러지도 못하겠는데 어떡해야 돼?" 그것은 술에 취해 있을 때면 상운 씨가 나에게 던져 온 물음이었다. 하지만 그것은 내가 상운 씨에게 던지고 싶은 질문이기도 했다. 상운 씨가 나타나는 바람에 또다시 흔들리기 시작한 나의 세현이었기에, 그의 연애가 끝날 때까지 또 혼자 남겨져야 하는 나였기에 그랬다.

그가 물놀이를 끝내고 수영장 밖으로 나왔다. 뒤따라 나온 상희는 선베드에 누워 귀에 이어폰을 끼웠다. 방으로 올라온 그가 나에게 몸은 좀 어떠냐고 물어왔다.

"슬슬 생리통이 시작되려는 참이야." 대답과 함께 궁금해 그에게 물었다. "근데 둘이 무슨 얘기했어?"

"우리 여기 온 이유, 어머니한테 들었나 봐. 상희가 많이 고마워하네?" 그가 캐리어에서 속옷과 겉옷을 챙겨 들었다. "이

따 저녁때 마당에서 영화도 보고 바비큐 파티도 할 거라고 했더니 애처럼 좋아하는 거 있지? 나는 씻고 좀 자야 할까 봐. 이제 식곤증이 몰려오려고 해."

"그건 아직 못 찾았지?" 욕실로 들어가려는 그를 붙잡고 물었다.

"응." 그의 대답이 시무룩했다.

그는 어젯밤에 이어 오늘 아침에도 상운 씨 집의 설계도면과 투시도 등을 꺼내 살펴봤다. 그럼에도 아직 감을 못 잡았는지 그에 대한 소식이 없었다. 나는 재차 물었다. "옥상이나 마당 같은 덴 찾아봤어?"

"봤는데 없어."

"설마 땅을 파야 나오는 건 아니겠지?"

그가 아닐 거라면서 욕실로 들어갔다. 좀 누워야 할 것 같아 나는 창가에서 일어났다. 내 움직임을 본 선베드 위의 상희가 손을 흔들어 나를 불렀다.

"언니! 내려와 저랑 같이 물놀이해요! 안 더워요?" 낯가림이 있는 상운 씨와 달리 지나치게 친화력이 좋은 아이였다.

"그러고 싶은데, 내가 지금 몸이 별로 안 좋아서."

"어디 아파요?" 상희가 걱정스레 물었다.

"생리통."

"으, 난 엊그제 끝났는데. 짜증나겠다. 수고해요, 언니." 상희가 안쓰러운 표정을 지어 보이고는 나를 향해 다시 손을 흔들었다.

침대에 모로 누워 휴대폰을 켰다. 음악을 들으며 그의 샤워가 끝나길 기다렸다. 흘러나오는 음악에 몸을 맡기니 눈꺼풀이 스르르 감기려 했다.

열다섯 번째 음악이 귀에 머물다 갔음에도 그가 돌아오지 않자 침대에서 일어나 욕실로 갔다. 이미 샤워를 끝낸 욕실 안에는 아로마 향만이 남아 있었다. 씻고 자겠다는 애가 또 어디를 간 것인지 모르겠다. 나는 발코니와 마당을 살핀 다음 2층으로 내려갔다. 이번에도 상운 씨 방에 있나 싶어 들어가 봤더니 역시나였다. 내 입에서는 옅은 한숨이 새어나왔다. 그 숨만이 내 쓸쓸한 어깨를 토닥여 주고 있었다.

나는 조용한 발걸음으로 상운 씨 방으로 들어갔다. 그는 상운 씨 베개를 끌어안은 채 옆으로 누워 자고 있었다. 상운 씨의 체취를 맡아 보고 싶었던 것인지, 그는 베개 깊숙이 얼굴을 파묻은 상태였다. 나는, 길게 늘어진 오후의 햇빛이 그의 몸에 곧 닿을 것 같아 커튼 한쪽을 소리 나지 않게 닫아 주었다. 그러고는 잠든 그의 곁으로 다가가 그의 젖은 머리카락을 가만히 쓸어 올렸다. 머리카락에 가려져 있던 귀가 드러나자 허리를 숙여 그의 귓바퀴에 입을 맞췄다. 그리고 그의 귀에다 대고 소리없이 입모양으로 속삭였다.

"사랑해."

그러면서 나는 생각했다. 그에게 나란 여자는 무엇일까. 죽은 상운 씨는 죽어서도 그를 가졌고, 죽어서도 나를 괴롭혔으며, 죽어서도 우리 사이를 훼방 놓았다.

나는 텅 비어 버린 심장을 끌어안고 조용히 상운 씨 방을 나갔다. 생리통 때문에 더 엉망진창으로 변해 가는 기분이었다.

손경애

솜과 쿤, 루와 잔의 사료를 챙겨 주고 마당으로 나갔다. 물놀이를 끝낸 딸은 선베드에 눈을 감고 누워 음악을 듣고 있었다. 나는 빈 선베드 하나를 딸 가까이 끌어당겨 잠깐 거기에 앉았다.

우리 가족이 넷이었을 때, 그러니까 아들이 살아 있었을 때, 딸은 모든 일에 있어 자신이 제외되는 걸 서운해했다. 물론 7년간의 미국 유학 생활로 어쩔 수 없는 측면이 있었지만, 딸은 우리 셋과 떨어져 지내야 하는 것도 불만이었고, 자기만 독일어에 서투른 것도 짜증이었다. 우리 부부의 독일 유학 생활 말미에 생겨난 딸은 한국에서 나고 자란 탓에 독일어를 접할 기회가 별로 없었다. 그래서 딸은 우리 셋과 독일어로

소통하는 게 원활하지 못했다. 사춘기 때는 그걸 "왜 나만 따돌리는 거야!"라는 식으로 받아들일 정도였으니, 자라면서 딸이 느낀 소외감은 컸을 것이다. 그게 늘 미안했던 우리 셋은, 딸이 한국에 들어와 있는 날이면 넷이 되어 주기 위해 시간의 노력을 보태려고 애를 썼다. 하지만 아들이 그리 된 뒤로 우리에게 넷이란 숫자는 영영 불가능한 것이 되어 버렸다. 예전에는 네 개의 모서리 중에 지켜지지 못한 모서리가 딸이라고 생각했던 것이, 이제는 아들이 되고 만 것이었다.

음악을 듣고 있던 딸이 눈을 떴다. 나는 딸의 귀에서 이어폰을 빼고 물었다. "요즘 사귀는 사람은 있니?"

"없어. 나 그냥 결혼 안 하고 평생 엄마 아빠랑 살까 봐."

나는 딸의 한쪽 허벅지를 찰싹 때렸다. "끔찍한 소리한다."

"오빠도 없는데 나 시집가면 엄마 아빠 더 쓸쓸해질 거 아니야."

"너 시집가면 사위도 생기고 외손주도 생기는 건데 쓸쓸해지긴 왜 더 쓸쓸해져?"

"아, 그게 또 그런가?" 딸이 철없이 웃었다.

"누굴 만나든 다음에 만날 애는 좀 진득하니 사귀어 봐. 적어도 사계절은 겪어 봐야 하지 않아?"

대답은 알았다고 하지만 건성건성에 건들건들이었다. 청소하러 가 봐야 해서 그만 선베드에서 일어났다. 집 안으로 들어가 무선 진공청소기와 물걸레를 들고 딸애 방으로 올라갔다. 침대 시트와 베개 커버를 갈아 주고 그랜드 피아노 위에 쌓인 먼지를 물걸레로 닦아 냈다. 그리고 피아노의 상판 뚜껑을 들어 올려 버팀봉을 받쳤다. 강박인지 징크스인지, 딸은 첼로를 켜기 전에 꼭 피아노를 쳐 줘야 했다. 건반을 두드려 주고 나야 첼로를 잘 켤 수 있는 손가락이 된다는 이유에서였다. 털털하고 무딘 성격임에도 첼로에 한해서는 또 아들 못지않게 섬세하고 예민했다.

딸애 방 청소를 끝내고 발코니로 나갔다. 발코니 구석의 간이 수돗가에 쭈그리고 앉아 걸레를 빨았다. 걸레가 토해 낸 구정물이 말도 못하게 시꺼멨다. 아들 방도 이만큼 더러울 터였다. 독일에 가 있느라 주말마다 해 오던 아들 방 청소를 두 번이나 건너 뛴 상태이니 당연했다.

청소기와 물걸레를 들고 이번엔 아들 방으로 들어갔다. 그런데 열어젖힌 방문 사이로 남자애가 보였다. 남자애가 상운이 침대에 웅크린 채 자고 있었다. 다시 나갈까 했지만, 꽉 끌어안은 베개에 얼굴을 파묻고 있는 모습이 마치 내 아들인 것만 같아 나는, 조용한 발걸음으로 침대 가까이 다가갔다. 병원 일로 바빠 자정이 돼서 들어올 때면 아들은, 옷도 갈아입지 않고 그대로 곯아떨어지곤 했다. 씻고 자라는 말조차 꺼내기가 안쓰러워 그냥 돌아선 적도 많았는데……. 그건 그렇고, 왜 남자애가 이 방에서 자고 있는 걸까. 방을 잘못 찾아 들어온 건 아닐 텐데, 좀 이상했다. 어쨌든 청소를 하려면 저 잠부터 깨워야 했다. 하지만 잠을 깨우기 위해 뻗친 내 손은 이내 거둬지고 만다. 곤해 보이는 잠인 데다, 옛날 아들 생각에 깨우기가 미안해진 것이었다. 나는 깊은 한숨을 목구멍으로 삼키고는 중얼거리듯 말했다.

"저게 지금 우리 아들이면……."

또 쓸데없는 생각이었다. 남편 말대로 이제 이 방도 정리를 해야 하지 싶다. 언제까지 죽고 없는 애의 방을 끌어안고 살 수는 없었다. 청소하러 이 방에 들어올 때마다 맞닥뜨려야 하는 없음에 대한 자각도 점점 고통스럽고 싫어지던 참이었다. 부재감은 남겨 두는 데서 더 느껴진다는 남편의 말은 옳았다. 죽은 애를 계속 여기에 붙잡아 두는 것도 에미로서 할 짓은 아니었다.

"이참에 정리를 해야 하려나……." 가만히 뱉어 낸 한숨이 착잡하게 변해 갔다.

남편과 딸이 그러자고 하면 이번엔 못 이기는 척 움직여 볼 생각이었다. 그리고 그렇게 청소가 아닌 정리 쪽으로 마음을 굳히고 돌아서려는 순간이었다. 남자애가 몸을 심하게 뒤척거리더니 알아들을 수 없는 잠꼬대를 해 댔다. 저러다 깨는 거 아닌가 했지만, 남자애는 끌어안고 있는 베개에 다시 얼굴을 파묻었다. 그 뒤척임으로 남자애가 하고 있던 목걸이가 면 티 밖으로 빠져나왔다. 목덜미 쪽으로 흘러내려 온 목걸이에 는 링 모양의 펜던트가 달려 있었다. 그런데 그 두께며 모양 과 색깔이 왠지 낯이 익었다.

나도 모르게 발이 움직였다. 호기심에 남자애 가까이 더 다가갔다. 허리를 숙여 펜던트를 확인했다. 잔뜩 찌푸려진 양 미간에 경련이 일어났다. '도대체 이게 왜……' 목걸이에 달린 펜던트는 다름 아닌, 아주아주 작은 일곱 개의 다이아몬드가 박힌 반지였다. 북두칠성이 새겨진, 여자애가 끼고 있던 바로 그 반지. 또 한 번의 혼란이 찾아왔다.

한낮인데도 갑자기 등골이 서늘해졌다. 나는 서둘러 방을 나갔다. 청소기와 물걸레를 바닥에 내팽개쳐 두고 아래층으 로 내려갔다. 서재로 들어가 책상 서랍을 열어 어제 그 반지 를 꺼내 살폈다. 그러니까 상운이와 여자애의 커플링인 줄 알 았던 이 반지는 남자애와 여자애의 커플링이 맞았던 것이다. 그런데 저 두 사람의 커플링을 왜 상운이도 갖고 있는 거지? 커플링이란 반드시 두 개여야 했고, 세 개의 반지는 커플링이 될 수 없었다. 그렇다면 이건 커플링이 아니라, 셋이 맞춰 끼 운 우정 반지일 가능성이 높았다. 동갑내기들끼리는 얼마든 지 그럴 수 있었다. '그럼 이게 우정 반지라는 얘기?' 반지를 움켜쥔 손아귀에 힘이 들어갔다.

그런 줄도 모르고 나는, 오늘 아침까지도 남자애와 여자애를 의심하고 오해했더랬다. 상운이의 발인을 지켜보지 못할 정도로 상운이의 죽음을 슬퍼한 저들을 치정으로 엮어 버리려 한 것이었다.

나는 의자에 털썩 주저앉으면서 안도의 웃음을 뱉어 냈다. 그것은 어이없는 웃음이기도 했고, 별 의미 없는 반지 하나 때문에 온 신경을 남발한 데 따른 부끄러운 웃음이기도 했다. 심증이란 역시 물증을 앞질러서는 안 되는 것이었다. 그런데 여자 하나와 남자 둘의 우정 반지라는 게 온전할 수 있는 것일까? 이성이 섞여든 우정이 얼마나 허울에 불과하고 허약한 것인지는 누구나 다 아는 사실이었다. 그러기에 나는, 북두칠성이 새겨진 이 반지를 또 다른 의문으로 들여다볼 수밖에 없었다.

창밖을 향해 의자를 비틀었다. 아무도 없는 수영장 물이 오후의 햇살에 반짝거렸다. 손아귀에 쥐어진 반지도 나를 농락하듯 반짝거렸다.

·

권세현

양손에 마트 봉지를 들고 마트를 나섰다. 돼지고기는 목살과 삼겹살로, 한우는 안심과 등심으로 샀다. 꼬치구이에 쓸 프랑크 소시지와 송이버섯과 각종 야채를 비롯해, 대하와 가리비, 그리고 내일 해 드리기로 한 야키소바 재료까지 사야 해서 시간이 꽤 걸렸다. 나는 장 본 것들을 트렁크에 싣고 서둘러 차에 올라탔다. 출발과 함께 수연이에게 전화를 걸었다. 낮잠을 너무 길게 자는 바람에 좀 늦어지게 된, 우리의 저녁 바비큐 파티였다.

— 장 다 보고 들어가는 길이야. 배는 좀 어때?

— 가라앉았어.

— 약은 안 사가도 되겠어?

— 응.

— 바비큐 준비는 내가 할 테니까 수연이 넌 영화 볼 수 있게 세팅 좀 해 놓을래? 미니빔은 내 캐리어 안쪽에 보면 있을 거야. 영화는 어머니 보고 싶다는 걸로 틀어 드려. 만약 없다시면 수연이 네가 밝고 유쾌한 걸로 추천해 드리고.

— 알았어. 그릴 준비랑 테이블 세팅도 내가 해 놓을게.

— 그래 주면 나야 고맙지.

— 한 번쯤은 고맙다는 말 대신 사랑한다고 말해 주면 안 돼?

— 너 또 심심해졌구나. 근데 그렇게 말하면 말이 좀 이상해지지 않나? 그래 주면 나야 사랑하지. 봐, 좀 이상하잖아.

― 빨리 오기나 해. 운전 조심하고.

수연이가 먼저 전화를 끊었다. 방금도 나는 그녀를 서운하게 하고 말았다. 하지만 나는, 진심이 담기지 않은 말은 하지 않는 게 낫다고 생각했다. 그녀는 항상 내게 고마운 존재였지 내가 사랑하는 존재는 아니었다. 설령 내가 그녀를 향해 사랑한다고 말한다 해도 그녀는 내 말의 진의를 믿지 않을 터였다. 그러면서도 간혹 그녀는, 내가 그 말을 자기에게 해 주길 바랐다. 그녀는 아직까지도 내가 자기를 사랑할 수 있다고 생각하는 모양이었다. 말해지는 말에 의해 어떤 현상과 감정과 변화를 끌어낼 수도 있다고 믿는 그녀는 여전히 내 눈엔 바보스럽게만 보였다. 그래서 늘 미안했다. 그녀와 같은 감정을 느낄 수 없는 나라서 미안했고, 그런 나를 조건 없이 사랑해 주는 그녀라서 안쓰러웠다.

받은 만큼 되돌려 줄 수 없는 그 사랑이 죄스러웠던 나는, 그녀에게 두어 번 남자를 소개해 준 적이 있었다. 첫 번째는 홧김에, 두 번째는 나 보란 듯 가진 만남이라 그랬을까. 두 번 다 6개월을 버티지 못하고 어그러졌다. 그런 다음이면 그녀는 용수철처럼 다시 나에게 돌아왔다. 내가 그랬듯이. 그러니까 수연이와 나는, 우리도 모르는 사이에 서로를 위한 마지막 보루 같은 존재가 되어 버린 것이었다. 물론 서로가 서로에게 돌아오는 이유는 '사랑해서'와 '사랑이 끝나서'로 각자 달랐지만.

차창 밖의 어둠이 내 감정처럼 무겁게 가라앉고 있었다. 아까 긴 낮잠에서 깨어났을 때 나는 깊은 우울감에 빠져들었다. 없다는 것, 사라져 버렸다는 것, 그래서 더는 바라볼 수도, 만져 볼 수도 없게 되어 버렸다는 현실 때문이었다. 그 사실이 너무 그날처럼 느껴져, 잠에서 깼을 때 나는 3년 전 그날로 돌아간 듯한 착각이 들었다. 그를 느끼고 싶어 들어간 그의 방이었지만, 상운이의 방과 상운이의 침대는 나에게 어떠한 위안도 돼 주지 못했다. 이불과 베개 어디를 만져 봐도 그의 체취를 가질 수 없다는 불가능성은 나에게 끝 모를 상실감만을 안겨 줬을 뿐이었다.

서로가 서로를 한눈에 알아본 7년 전, 그날이 떠오른다. 지금도 그날의 색채를 떠올릴 때면 심장이 쿵 하고 내려앉는다. 수영장이 딸린 삼층집을 짓고 싶다며 내 건축 사무소를 찾아온, 스물아홉 살의 유상운. 퇴근 무렵이라 나와 짧은 상담을 끝내고 돌아가야 했던 그에게서는 옅은 수줍음과 약간의 낯가림이 느껴졌다. 상담을 하는 동안 나와 마주친 그의 눈동자는 내내 불안하게 흔들렸고, 나는 그때서야 그를 알아봤다. 나중에 상운이한테 전해 듣기로는 그도 그때 나를 알아봤다고 했다. 그리고 상담을 마치고 돌아서려는 그가 나를 향해 이렇게 말했다. "그럼, 다음에 오겠습니다." 그 순간 나는, 내 손가락 끝이 떨리고 있다는 걸 느꼈다. 그런 다음 밀려든 생각은 '근데 안 오면 어쩌지? 다시 못 만나게 되면 어쩌지?'였다. 그러니까 그때 나는 태어나 처음으로, 놓치게 될까 봐 두려운 사람을 만나 버린 것이었다.

상운이가 돌아가자 나는, 같이 저녁식사를 하기로 한 수연이와 함께 우리의 단골 레스토랑인 '클라우드'로 향했다. 구름솜으로 형상화해 낸 뭉게구름들이 천장 곳곳을 떠다니고 있어서인지, 그 레스토랑은 수연이도 나도 제일 좋아하는 곳이었다. 늘 그래 왔듯, 그날도 우리는 뭉게구름이 주는 몽환적 분위기 아래, 클라우드의 스페셜 메뉴를 주문해 먹으며 그날 있었던 일들을 서로에게 조곤조곤 얘기해 나갔다. 어쩌면 아침과 점심 메뉴를 비롯해, 갤러리를 드나드는 손님들의 풍경과, 건축 사무소에서 벌어지는 복잡하고 지루한 업무에 관한 얘기였는지 모른다. 아니 어쩌면, 그날의 가십과 농담에서 뻗어 나온 신변잡기성 이야기와, 그림자 길이에 관한 소고에 이르는, 철학적이고도 형이상학적인 대화였었는지도 몰랐다. 그런데 이상했다. 그녀가 하는 말들이 하나도 귀에 들어오지 않았다. 그녀가 내뱉는 종결 어미에 맞춰 고개를 끄덕여 주고 웃어 주긴 했지만, 내 반응이 기계적이란 걸 나 스스로가 알아챌 정도였다. 지금도 나는 그날 내가 무엇을 먹고 무엇을 마셨는지, 그날의 메뉴가 무엇이었는지조차 잘 기억나지 않았다. 그랬다. 그때 내 머릿속은 온통 그 첫날의 상운이로 가득 차 있었다. 그의 몸에서 풍겨 나왔던 파우더 향이. 아니, 그의 수줍음이.

상운이와 내가 서로의 마음을 처음 확인하게 된 곳도 내 건축 사무소였다. 업무를 끝내고 난 밤이었다. 서로의 감정에 대해 털어놓던 날 그는, 자기도 잘 모르겠다고, 자기가 느끼는 이 감정이 대체 무엇인지 잘 모르겠다고 했다. "이게 정말 나인 걸까? 너무 혼란스러워서 두렵기까지 해. 이게 뭐지? 왜 갑자기 내가 이래야 하는 거지?" 그는 스물아홉 살, 봄날에서야 나로 인해 알게 돼 버린 자신의 정체성을 쉽게 받아들이지 못했다. 자기감정에 의문과 두려움을 품은 그에게 내가 해 줄 수 있는 일은, 그 감각이 틀리지 않았음을 알려 주는 것밖에 없었다. 그래서 나는 그의 곁으로 다가가 그의 입술에 내 입술을 갖다 댔다. 그의 떨리는 혀가 내 혀끝에 만져졌다. 우리는 아주 오랫동안 서로의 입술을 삼켰고, 차츰 변해 가는 혀의 온도를 통해 우리는, 서로가 서로에게 닿았음을 느꼈다. 그리고 그가 가진 혼란과 두려움이 떨림과 설렘으로 바뀌어 갈 때쯤이었다. 그가 내 눈을 바라보며 말했다. "처음이야. 처음으로 느껴졌어." 나는 그의 그 말로써, 우리 서로가 서로에게 옳았음을 다시 한 번 확인했다. 결국 그는 나를, 나는 그를 찾아내고 만 것이었다.

우리의 연애는, 수영장이 딸린 삼층집의 설계와 함께 시작되었다. 건축주인 그와 건축가인 나와의 만남은 꽤 자연스러 웠다. 자연스러워서 별로 의심스러울 것도 없었다. 우리는 집을 짓는다는 공통된 명분 뒤에 숨어서 완벽한 연인이 되어 갔다. 상운이가 느끼는 혼란과 불안은 여전했지만, 우리의 연애 감정은 그걸 상쇄시킬 만큼 늘 흥분돼 있었다. 그 흥분을 주체시키지 못할 때쯤이면 우리에겐 어김없이 8월이 나타나 주었고, 8월이 되면 우리는 하루 시간차를 두고 각자 독일로 떠났다. 수연이는, 4년 동안 이어져 온 내 8월의 출국을 영국이나 미국, 혹은 일본으로의 해외 출장으로 알고 있었다. 수연이한테까지 거짓말을 할 필요는 없었지만, 그땐 그냥 그러고 싶었다. 어쩌면 나는 상운이와의 비밀 하나를 간직하고 싶었는지도 몰랐다. 우리 둘만이 아는 은폐된 시간들을 몇 개 가져 보고 싶었던 것이다.

상운이와 함께한 독일에서의 여름휴가는 자유로운 열정으로 가득했다. 우리는 몸이 시키는 대로 독일의 여름과 매일 사랑을 나눴다. 과장되지도, 지나치지도, 부족하지도 않은 독일의 온도를 거닐던 첫날에는 반지 두 개를 사서 나눠 끼웠다. 아주아주 작은 일곱 개의 다이아몬드가 박힌 반지였다. 나를 스쳐간 과거의 연인들과는 한 번도 해 보지 않았던 일이라 그랬는지, 반지를 나눠 끼는 일은 나에게 첫 경험의 오르가즘처럼 느껴졌다. 그래서 북두칠성이 새겨진 이 반지를 들여다보고 있노라면 나는 독일의 여름과, 독일의 여름을 사랑한 그와, 독일에서 우리가 마주한 수많은 열정과 절정들이 떠올랐다. 무엇보다 독일에서의 그는 참으로 아름다웠기에, 독일의 여름이 지켜낸 우리의 비밀 또한 아름다운 장면으로 기억되었다.

운전 중인 손 하나가 내 목으로 향했다. 목걸이 줄에 달린, 북두칠성이 새겨진 반지가 손가락 끝을 스쳐 왔다. 그걸 만지는 순간, 버티고 버텨 낸 울음이 끝내 허물어지고 말았다. 갓길에 차를 멈춰 세운 나는 운전대에 얼굴을 파묻은 채 소리 내어 울어 버렸다. 나는 내 감정에만 빠져 사느라 상운이의 고통을 이해해 주지 못했다. 변화로 생겨난 그의 통증과 우울을, 그의 혼란과 내일을 돌아보지 못했다. 우리가 깊어질수록 그가 얇아지고 옅어질 거라는 걸 미처 알아채지 못했던 것이다. 그게 미안했다. 그게……

나는, 내 울음이 그의 죽음에 가닿기를 바라며 눈물이 바닥날 때까지 울고 또 울었다. 울음이 나를 달랬다. 울음이 나를 이해했고, 울음이 그를 위로했다. 그것만이 내가 그를 위해 해 줄 수 있는 전부인 것만 같아 그렇게 울어 버렸다.

눈에서 떨어진 눈물방울이 운전대 위로 하염없이 흘러내렸다. 마침내 바닥난 눈물이 울음을 잠재웠다. 그러자 내내 답답하게 억눌려 있던 심장에 창문 하나가 생겨난 것 같았다.

그 힘으로 나는 30여 분만에 다시 차를 출발시켰다. 붉어진 눈시울을 가려 줄 밤이 있어서 다행이란 생각이 들었다.

집 앞에 도착한 나는 차에서 내렸다. 트렁크를 열어 마트 봉지를 꺼내 들고 마당으로 들어섰다. 마당에서는 여자들의 자지러지는 웃음소리가 들려왔다. 하얀 외벽을 비추고 있는 영상은 일본 코미디 영화 「몽상가 아가씨」였다. 바람난 남자 친구에게 복수극을 펼치는 영화인데, 그 과정이 폭소로 가득해서 배꼽 빠지게 웃었던 기억이 난다. 마당을 가로지르는 나를 상희가 붙잡았다. 얼마나 웃었는지 상희가 눈가를 훔치며 나에게 말을 걸어왔다.

"오빠, 이 영화 봤어요? 이거 엄청 재밌어요." 상희의 해맑은 웃음은 상운이와 닮아 있었다.

"응, 봤어." 나는 갈라진 목소리를 감추려고 애를 썼다.

상희가 물었다. "맥주는요?"

나는 양손에 들린 마트 봉지를 살짝 들어 보였다. "당연히 사 왔지. 그리고 다들 앉아 계세요. 준비는 저 혼자 할 테니까요."

어머니가 의자에서 몸을 반쯤 일으키고는 미안해하는 투로 나에게 물었다. "정말 혼자 할 수 있겠어?"

울음의 흔적을 들킬까 봐 나는 고개를 외로 틀고는 대답했다. "그 영화보다 제가 먼저 끝날 걸요? 보시던 거 마저 보고 계세요. 흐름 끊기면 재미없어요."

나는 주방으로 들어가자마자 얼음을 채워 넣은 아이스버킷에 맥주와 와인부터 담았다. 그리고 상추와 특수야채를 씻어 수분을 뺐다. 수분이 빠지는 동안 쌈장과 파절이와 샐러드를 만들고, 꼬치구이에 발라 먹을 매콤 달달한 소스를 만들었다. 송이버섯과 색색의 파프리카와 등심을 비롯해, 프랑크 소시지와 대파와 양파는 손가락 두 마디 크기로 잘라 꼬챙이에 꽂은 다음, 소금과 후추로 밑간을 했다. 통째로 구워 먹을 대하에는 비린내 제거를 위해 레몬즙 몇 방울을 떨어뜨렸다. 가리비도 그냥 구워 먹을까 했지만, 맛의 다양성을 위해 급하게 치즈버터구이로 메뉴 변경을 시도하기로 했다.

위쪽 껍질을 제거해 손질한 가리비에 소금과 후추를 뿌렸다. 그 위에 자잘하게 썬 색색의 파프리카와 양파와 다진 마늘을 올리고, 다시 그 위에 버터와 모짜렐라 치즈를 얹어 주었다. 마지막으로 파슬리 가루를 뿌려 색감을 보탰다. 익히면 색깔은 더 예뻐질 터였다.

이제 굽는 일만 남았다. 나는 준비한 것들을 네 번에 걸쳐 마당으로 날랐다. 미니빔에서 흘러나오는 일본어 대사를 들어 보니 영화는 거의 끝나가는 것 같았다.

그릴 앞에 서서 고기와 대하와 꼬치를 굽기 시작했다. 초벌구이를 끝낸 꼬치에는 매콤 달달한 소스를 발라 수시로 뒤집어 익혔다. 고기 굽는 연기가 눈 앞으로 달려들 때면 나는 고개를 들어 올려 밤하늘의 별빛을 감상했다. 큰곰자리의 북두칠성이 보이자 상운이 생각이 났다. 상운이 어머니는 뭐 먹을 때 상운이 생각이 난다 했지만, 나는 아름다운 것을 보고 있으면 그 녀석 생각이 났다.

"근데 상운아, 뭐가 어디에 있다는 거니……." 북두칠성을 바라보며 속삭이듯 중얼댔다.

이 집에 온 첫날부터 나는, 모두가 잠든 시간에 일어나 유령처럼 집 안 곳곳을 돌아다녔다. 휴대폰의 라이트 기능에만 의지한 채 옥상과 마당을 살피고, 내가 들어갈 수 있는 모든 방과 공간들을 살폈다. 붙박이장과 주방의 팬트리는 물론, 세탁실과 다용도실까지 뒤져 본 터라, 이젠 찾을 곳이 없어서 더 이상 찾을 수 없게 되어 버린 상황이었다. 나는 상운이 편지의 마지막 문구를 다시금 되새기며 혼잣말을 했다.

"실수란 단어를 떠올리면 힌트가 된다. 실수라, 실수……."

답답하게도 나는 '실수'라는 단어의 의미와 의도조차 파악하지 못하고 있었다. 그 말은 곧, 그게 무엇인지 찾지 못하고 돌아갈 가능성이 커졌다는 뜻이었다.

영화가 끝났는지 엔딩곡이 흘러나왔다. 하얀 외벽 위로 엔딩 크레디트가 올라가자 여자들이 테이블로 몰려들었다. 영화는 재밌게 봤느냐는 내 물음에 어머니와 상희가 차례대로 대답했다.

"덕분에 정신없이 웃었어. 밖에서 봐서 더 재미졌나 봐." 어머니의 목소리가 유쾌하게 들려왔다.

이어서 상희가 말했다. "저도요, 오빠." 그리고 수연이와 나를 번갈아 쳐다보며 덧붙였다. "수연이 언니는 저번에 한 번 봤다면서 저보다 더 많이 웃은 거 있죠?"

"내가?" 수연이의 의아해하는 눈빛이 상희에게로 향했다.

"몰랐어요, 언니? 언니 웃음소리가 제일 컸어요." 마치 수연이를 나무라는 듯한 말투였다.

모두의 '하하하하'가 또 다른 '하하하하'를 끌어내고 있었다. 나는 다 구워진 고기를 그릴 위에서 잘라 접시로 옮겼다. 대하와 꼬치를 익히고 난 잔열에 가리비를 올려 두고 나도 얼른 테이블에 가 앉았다.

별빛 아래에서의 파티가 시작되었다. 맥주와 와인이 오가고 접시와 접시가 오갔다. 어머니는 고기가 아주 잘 구워졌다며 세현이 넌 대체 못하는 게 뭐냐고 물어 왔다.

"술이요. 술을 못하니까 회식자리에 가면 고기는 늘 제가 굽게 되더라고요." 나는 어머니의 고기 접시에 샐러드를 담아 주며 말을 이었다. "그러니 고기 굽는 실력이 안 늘고 배겨요?"

그러자 어머니 옆에 앉은 상희가 "어머, 오빠 술 못하세요?"

하고 안타까운 듯 물었다. 상희의 그 물음에는 수연이가 충고 조로 대신 대답했다.

"세현이 쟨 주량이 소주 반 잔이니까 술은 아예 권하지도 마라?"

"네, 언니." 상희의 표정이 아쉬움으로 가득 찼다. "음, 이 꼬치구이도 맛있다. 엄마랑 언니도 얼른 먹어 봐요." 상희가 꼬치구이를 모두의 접시에 일일이 옮겨 주었다.

상운이는 여동생 상희를 참 좋아했다. 누군들 그러지 않을까만은, 그는 유별나게 여동생을 위하고 생각했다. 그가, 뒤늦게 알아 버린 자신의 정체성을 철저히 숨기고자 한 첫 번째 이유도 부모보다 상희였다. 그는 그 사실이 드러날 경우 상희가 겪게 될 고통과 피해를 못 견뎌 했다. "걔만은 흠 없이 살아야 되는데, 걔만은…… 근데 나 때문에……." 그것은 그가 술에 취해 있을 때면 버릇처럼 뱉어 내던 말이었다. 죽음을 선택하면서까지 그가 옆자리에 조은영이란 여자를 태운 것도 그런 맥락이었다.

보통성이 희미해진 날로부터 그는 자신의 보통성을 강조하고 싶어했다. 그러자면 그는 자기의 죽음 이면에 숨어 있는 진실까지 감춰야 했다. 그게 그의 끝이 그렇게 될 수밖에 없는 이유였다. 그가 만들어 낸 끝은 그의 바람대로 자살과 자살의 이유까지 잘 덮어 주었다. 조은영과의 교통사고로 보통으로 남겨지게 된 그. 그래서 별 의문 없이 사라져 갈 수 있었던 그. 그는 연애부터 죽음까지 철저했다. 나보다 더. 하지만 나는 그걸 고통의 반증이라고 생각했다. 누구보다 남 부러울 것 없이 살아온 그였기에 그는, 자꾸 뒤틀리는 삶이 괴로웠고, 비밀이 많아지는 삶이 버거웠다.

나는 술 대신 콜라를 마시며 소고기 위에 파절이를 올려 먹었다. 대화도 없이 먹기만 하는 게 멋쩍어서 맞은편에 앉아 있는 어머니에게 말을 걸었다. 질문을 고민하다 현재 번역 중인 어머니의 작품에 대해 물어보면 좋을 것 같아 이렇게 운을 뗐다. "어머니, 요즘 하고 계신 번역 작업 있으세요?"

"응."

나는 의자를 바투 끌어당겨 상체를 어머니 가까이 가져갔다. "어떤 작품인데요?"

"니클라스 슐츠의 『수줍음』이란 소설인데, 독일 나치 시대 때 얘기야." 어머니의 표정이 착잡하게 변해 갔다. "상운이가 마지막으로 번역을 권유해 온 작품이라 많이 남달라."

"아, 그래요……." 어머니의 기분을 생각해 더 이상 묻지 않으려다가 이왕 꺼낸 말이라 덧붙여 물었다. "어떤 내용인지 여쭤 봐도 될까요?"

"독일인임에도 동성애자라는 이유로 아우슈비츠로 끌려간 두 청년에 관한 얘기야. 당시에 유대인만 수용소로 끌려간 줄 아는데 그렇지 않았어. 비정상으로 간주되는 인간들도 모두 홀로코스트의 대상이 되었지." 어머니가 맥주를 들이켜며 말을 이었다. "가령, 정신질환자나 장애인, 집시, 공산주의자, 동성애자 등등. 인종주의를 내세운 그들에게 열등한 인간들은 모두 죽어 마땅한 버러지일 뿐이었으니까. 특히 동성애자는 수용소 안에서조차 차별과 멸시와 조롱을 당해야 했는데, 어찌 보면 가장 혐오의 대상이었던 거지. 『수줍음』은 바로 그 지점을 파고든다는 점에서 남다른 작품이야. 나치의 학살 이퀄 유대인이라는 소재의 공식을 비켜갔다는 측면에서도 그렇고."

"빨리 읽어 보고 싶은데요?" 나는 짐짓 아무렇지 않은 척 계속 콜라를 들이켰다.

"아주 흥미로워. 두 청년이 끌려가게 되는 과정도 과정이지만, 그 둘의 사랑이 얼마나 절절하게 그려지는지 몰라. 서로가 서로를 살리려는 노력과 희생은 또 어찌나 눈물겨운지…… 근데 아우슈비츠에서 벌어지는 만행들이 너무 상세하게 기술된 바람에 읽어 내기가 좀 고통스러워."

"아, 스쉬턴하이트! 맞죠?" 갑자기 그 제목이 떠올랐다.

"응?" 어머니의 눈이 커졌다.

나는 또박또박 다시 말했다. "스쉬턴하이트요. 이 발음 아닌가요?"

"맞아. 근데 어떻게 알았어?" 어머니가 신기해하며 웃었다.

"예전에 상운이가 스쉬턴하이트라는 소설을 읽고 있다면서, 그 비슷한 얘기를 저한테 해 준 게 생각나서요. 그땐 귀찮아서 그게 무슨 뜻이냐고 물어보지 못했는데, 그게 우리말로 수줍음이었군요."

그래, 스쉬턴하이트였다. 자기가 지금 읽고 있는 독일 소설이 있다면서, 그가 그 소설에 대해 잠깐 언급한 기억이 났다. 동성애자라는 이유로 아우슈비츠로 끌려간 두 독일 남자에 관한 이야기라는 설명과 함께 그가 덧붙인 말은 이것이었다. "인류가 생겨난 이래 우리들의 사랑은 항상 죄악시 돼 왔어. 아니, 죽음을 의미했지. 적어도 죽임을 당하지 않는다는 측면에서 보면 현재를 살아가는 지금의 나는 그나마 다행인 건가?" 그때 내 대답은 이랬다. "너나 나나 스스로를 감춘 채 살아가고 있는데 현재가 무슨 의미야." 그런데 현재를 살아가는 지금의 자기를 다행으로 여겼던 그가 스스로 죽음 속으로 사라져 간 것이었다.

"두 청년은 결국 어떻게 되나요? 살아남나요?" 나는 궁금해 어머니에게 물었다.

"아니, 가스실에서 같이 최후를 맞이해. 더 끔찍하고 슬픈 것은 서로 끌어안은 채로 불에 태워진다는 사실이야, 그 둘." 마치 그 소설 속에 들어가 있기라도 하듯 어머니의 얼굴이

참담하게 변해 갔다.

그때 나는 어머니에게 이렇게 물어보고 싶었다. "상운이가 어머니께 그 소설의 번역을 권유해 온 이유를 뭐라고 생각하세요?" 그러나 차마 나는 물어볼 수 없었다. 비록 어머니로부터 대답은 듣지 못했지만 나는 상운이의 의중을 알 것도 같았다. 그는 알리고 싶었던 것이다. 감춰야 하는 자기를 가족 중 누군가에게 고백하고 싶었던 것이다. 이해받고 위로받고 싶었던 것이다. 그럴 수 없기에 그러고 싶었던 것이다. 자기 엄마라서, 그 엄마 앞에서만큼은 작용 반작용의 속내를 드러내고 싶었던 것이다. 나 역시 그러고 싶을 때가 많았으니까. 나 또한 내 엄마 품에 안겨 나를 고백하고 싶었으니까.

손경애

좋은 시간이었다. 폭염이 물러간 밤이 있었고, 술과 음식과 사람들이 있었다. 이렇게 웃고 떠들어 본 게 얼마만인지 모르겠다. 기분 좋게 취해 가는 이 느낌 또한 너무 오랜만이라 생소할 지경이었다. 남편이 지금 이 자리에 없다는 거 말고는 아쉬울 것 하나 없는 밤이었다.

잠깐 자리를 비운 남자애가 접시에 가리비를 들고 돌아왔다. 각종 야채에다 버터와 치즈를 올려 구운 가리비에서는 먹음직스러운 향내가 풍겨 나왔다. 와인 안주로 제격일 것 같아 나는 마시던 맥주를 내려놓고 와인잔에 와인을 따라 마셨다. 가리비 하나를 내 접시로 옮겨 담아 포크와 나이프로 잘라 먹었다. 가리비의 육즙이 버터와 치즈와 어우러져서 고급스런 맛을 자아냈다.

밤이 깊어질수록 남자애를 제외한 모두가 조금씩 취해 가는 분위기였다. 딸과 여자애는 마치 경쟁이라도 벌이듯 서로에게 술을 권했다. 여자애의 충고를 무시하고 딸이 남자애에게 술을 권하려 치면 여자애가 흑기사가 되어 대신 술을 마셔 주었다.

"언니도 그렇고 오빠도 되게 치사한 거 알아요?" 토라진 목소리로 딸이 여자애에게 말했다.

"우리가? 왜?"

"세현이 오빠 취한 거 한번 보고 싶어서 그런 건데, 그걸 그런 식으로 계속 막는 게 어딨어요?"

"세현이 쟤가 취하면 내가 고생이라 그래. 대신 내가 이렇게 잘 마셔 주잖아." 여자애가 맥주를 벌컥벌컥 들이켜 원샷을 했다.

서로 주거니 받거니 하는 말들이 이물 없이 좋아 보였다. 딸한테 저런 언니가 하나 있었으면 어땠을까 하는 생각도 들었다. 그런데 갑자기 딸이 "에잇, 좋다! 기분이다!" 그러더니 첼로를 켜 주겠다며 자리에서 일어났다.

"언니 오빠들 곧 결혼한다면서요? 제가 축하 연주 미리 해 드릴 테니까 잠깐만 기다려 봐요." 딸이 비틀거리는 발걸음으로 집 안으로 들어갔다.

저렇게 취한 상태로 무슨 연주를 하겠다는 것인지 내가 다 걱정이었다. 여자애가 됐다고 말리는데도 딸은 기어코 첼로를 가지고 내려왔다.

딸이 멀찌감치 떨어진 자리에 의자를 놓고 앉아 첼로를 끌어안았다. 남자애와 여자애가 박수를 치자 딸의 연주가 시작되었다. 바흐의 무반주 첼로 조곡 1번의 프렐류드가 묵직하게 울려 퍼졌다. 나는 저절로 감기려는 눈을 그대로 둔 채 딸의 연주를 감상했다. 이것은 이 집이 지어질 때부터 내가 꿈꾸고 상상해 온 장면이었다. 딸이 첼로를 켜고, 아들 내외가 술과 음식을 나른다. 사위가 그릴 앞에 서서 고기를 굽고, 친손주와 외손주는 마구잡이로 뒤섞여 마당을 뛰어 논다. 우리 부부는 그런 그들을 흐뭇하게 바라보며 이대로 시간이 멈춰 버리기를, 자라지도 늙지도 않고, 더 이상 변하지도 않고, 그냥 이대로이길 서로의 귀에 대고 속삭인다. 우리에게만 허락된 듯한 왁자지껄한 웃음과 평화로운 시간들……. 그러나 다시 눈을 떴을 때 내 오랜 상상을 충족해 준 것은 첼로를 켜는 딸과 바흐의 음악뿐이었다. 상상을 뛰어넘을 수 없기에 현실이라지만, 지금의 내 현실은 너무나 많은 빈 구멍투성이었다.

2악장과 3악장이 끝나고 4악장인 사라방드가 무겁게 흘러나왔다. 남자애가 고기와 가리비가 다 떨어졌다며 빈 접시를 들고 그릴 앞으로 가 다시 고기를 구웠다. 테이블에 여자애와 단 둘이 남게 되자 나는 여자애 맞은편으로 자리를 옮겨 앉았다. 여자애가 혀 꼬부라진 목소리로 말했다.

"좋네요. 첼로도 좋고, 술도 좋고, 밤도 좋고요." 여자애가 흘러내린 머리카락을 귀 뒤로 넘겼다. "저 몇 년 만인지 모르겠어요. 세현이랑 이렇게 같이 여름휴가 보내 보는 거요. 다 어머니 덕분이에요." 여자애가 헤헤거리며 웃었다.

"좋다니 다행이네."

"사실 처음에 저, 여름휴가지가 상운 씨 집이라는 거 알았을 때 세현이한테 엄청 투덜거리고 짜증부렸거든요." 의자에 앉아 있는 여자애의 몸이 중심을 잡지 못하고 흐느거렸다.

그래서 우리 집을 방문한 첫날, 여자애의 표정이 뾰로통했던 거구나. 여자애의 솔직한 고백에 나도 반지 때문에 품었던 잠깐의 오해에 대해 털어놓기로 했다. "나도 수연이한테 미안한 게 있어."

"저한테요?"

"난 우리 상운이가 수연이를 좋아한 줄 알았지 뭐야. 수연이가 우리 아들 맘 안 받아 주고 세현이한테 간 줄 알고 수연이를 아주 잠깐 미워하고 오해했다니까? 나 혼자 소설을 썼지 뭐." 그 생각이 부끄러워 나는 맥없이 웃어 보였다.

여자애가 놀라서는 대답했다. "전혀 아니에요, 어머니. 근데 어느 지점에서 그런 오해를……."

"상운이가 예전에 그랬거든. 맘에 두고 있는 여자가 생겼는데, 그 애도 엄마 아버지처럼 그림을 좋아한다고. 수연이 직업이 갤러리 큐레이터라니까 당연히 생각이 그쪽으로 가 버린 거지."

"정말로 맘에 두고 있는 '여자'라고 그랬어요, 상운 씨가?"

"응."

"설마요. '사람'이라고 그랬겠죠." 여자애가 실소를 뱉어 냈다.

저게 무슨 말인가 싶어 나는 "응?" 하고 되물었다. 여자애의 실없는 웃음이 왠지 기분 나빴다.

여자애가 말했다. "아니에요. 아무튼 어머닌 상운 씨에 대해 몰라도 너무 모르세요."

저건 또 무슨 말이지 싶어 여자애에게 물었다. "모르다니, 내가 뭘?" 내 양미간이 찌푸려졌다.

"어머, 제가 방금 뭐라 그랬죠?" 여자애가 내 시선을 피했다. "취해서 말이 헛나왔나 봐요." 여자애가 꾸며 보인 어색한 웃음이 신경에 거슬렸다.

나는 더 집요하게 추궁했다. "내가 우리 아들에 대해 뭘 모르는데?"

중심을 잃어 가는 몸으로 여자애가 대답했다. "다요, 다. 그냥 그런 게 있어요. 그런 게……" 여자애의 고개가 점점 테이블 가까이 떨구어졌다.

남자애가 구운 고기와 가리비를 들고 돌아왔다. 하필이면 그때 딸이 6악장 지그를 끝으로 첼로 연주를 마치는 바람에 여자애와의 대화가 중단되고 말았다.

정수연

취기로 머릿속이 몽롱해지고 있었다. 방금 내가 무슨 말을 한 것 같긴 한데, 하자마자 말들이 흩어지는 바람에 잘 기억나지 않았다. 마치 내가 뱉어 낸 말의 음절과 음소들이 무질서하게 허공을 떠다니는 기분이 들었다.

멋진 첼로 연주를 선사해 준 상희가 자리로 돌아와 앉았다. 세현이와 나는 상희에게 박수를 보냈다.

"음주 연주가 그 정도면 어쩌라는 거야?" 고마움의 뜻으로 나는 아이스버킷에서 막 꺼낸 맥주를 상희의 맥주잔에 채워 줬다.

상희가 말했다. "연주란 건 감각으로 하는 거니까요. 본능에 가까운 감각이랄까?" 상희가 자못 센체하며 맥주를 들이켰다.

본능에 가까운 감각……. 상희의 저 말이 무슨 뜻인지 나는 알 것도 같았다. 7년 전이었다. 세현이가 나에게 "있잖아 나, 좋아하는 사람 생겼어."라고 말했을 때 나는, 본능에 가까운 감각으로 그 사람이 상운 씨임을 직감했다. 같이 심야 영화를 보고 집으로 돌아가는 차 안에서였다. 그의 입에서 상운 씨 이름이 나오기 전임에도 나는, 그때 건축 사무소에서 마주쳤던 봄날의 상운 씨를, 아니 버버리 트렌치 코트의 베이지를 떠올렸다. 사실, 상운 씨를 처음 본 순간부터 나는 본능적으로 느끼고 있었다. 저 사람이 나한테서 세현이를 빼앗아 갈 거라는 걸, 저 사람이 나에게 상처가 될 거라는 걸, 그리고 세현이가 저 사람을 아주 오래오래 사랑하게 될 거라는 걸. 그때부터 나는 내게 찾아올 변화와 고독을 알아채고 불안에 떨었던 것 같다. 나는 계속 침묵을 유지하다가 집에 도착하고 나서야 그에게 물었다. 대답을 뻔히 알면서도 물어야 하는 물음이란 참으로 초라한 것이었다. "누군데?" "수연이 너도 봤을 거야. 내 첫 클라이언트. 기억나지?" "어, 응." "이름은 유상운. 우리하고 동갑이더라? 대학병원 소아과 의사인데……." 틀리지 않은 예감은 그 뒤에 이어진 말을 거부하려

들었다. 그를 놓아줘야 한다는 생각은 언제나 해 오던 것이었고, 몇 번을 겪어 온 일이라 이미 각오가 선 것이었지만, 이상하게 그날은 그게 잘 되지 않았다. 이번엔 영영 그 사람한테서 돌아오지 않을 거라는, 사랑이 끝나는 일 따윈 생기지 않을 거라는 예감 때문이었다. 그리고 내 예견대로 정말로 그들은 영원히 사랑할 것처럼 서로 사랑을 했다.

내 남자가 가장 사랑한 남자. 그래서 나는 상운 씨가 싫었다. 8월의 출국을 영국이나 미국, 혹은 일본으로의 해외출장이라 속이며 상운 씨와 함께 독일로 떠날 때마다 나는 슬퍼졌다. 나에게 가장 솔직했던 그가 나에게 거짓말을 하고 있다는 사실은 너무나 큰 배신감이었다. 이제 와서 고백하건대, 가끔 나는 상운 씨의 죽음을 바랐다. 세현이가 나한테서 점점 멀어져 간다는 느낌을 받을 때마다 충동적으로 그런 생각을 품었다. 상운 씨가 이 세상에 존재하는 이상 세현이가 나한테 돌아올 일은 없을 것이기에 그랬다. 그런데 상운 씨에게 정말 그런 일이 벌어질 줄은 몰랐다. 상운 씨가 스스로 그렇게 떠나버릴 줄은 몰랐다. 결단코 상운 씨의 비극을 바라고 그런 못된 마음을 가졌던 건 아니었다. 내 사랑만 눈에 보여서, 내 고통만이 전부여서 그랬을 뿐인데, 정말로 그런 일이 벌어질 줄은 상상조차 못했다.

내내 억눌러 둔 눈물이 양쪽 볼을 타고 흘러내렸다. 눈물을 감추기 위해 고개를 숙여 봤지만 울음소리는 입 밖으로 새어 나가고 만다. 갑작스런 내 울음에 놀란 상희가 자리에서 일어나더니 나에게 "언니 울어요? 왜요, 왜?"라고 물어 왔다. 감정에 휩쓸린 나는 어머니를 향해 말했다.

"어머니, 죄송해요." 입으로 흘러들어 온 눈물에서 짠맛이 났다.

"왜 그래? 왜?" 자리에서 일어난 어머니가 흐느적거리는 내 어깨를 어루만졌다.

"그냥 다 죄송해요." 나는 재차 그렇게 말했다.

어머니가 물었다. "뭐가?"

"상운 씨가 그렇게 된 것도 죄송하고…… 우리들이 만나 친구가 된 것도 죄송하고…… 상운 씨를 이해해 주지 못한 것도 죄송하고…… 모두 다요."

"그건 사고였잖아. 누구 탓도 아닌 그냥 사고."

옆에 앉아 있는 세현이가 얼른 자리에서 일어나 나를 일으켜 세웠다. 많이 취한 모양이라며 그가 나를 부축해 집 안으로 끌고 들어갔다. 그때 그가 나서지 않았더라면 나는 상운 씨 어머니에게 이렇게도 말하고 싶었다. "근데요 어머니, 저는 어머니가 싫어요. 상운 씨를 이 세상에 있게 한 사람이라서 어머니가 싫다고요!" 정말로 나는 그렇게 생각했다. 그래서 여름휴가지가 상운 씨 집이라는 걸 알았을 때 그에게 짜증을 부렸던 것이다. 내 남자를 사랑한 남자의 어머니란 나에게 연적이나 마찬가지였다.

눈앞의 계단이 어지럽게 비틀댔다. 내 허리를 감싸 안은 그의 팔 힘이 느껴졌다. 그의 몸에 기대어 휘청거리는 계단을 올라가면서도 나는 그에게 주절거렸다. "세현이 너한테도 미안해."

"너 너무 취했어. 파티는 그만 정리해야겠다." 그의 목소리가 화가 난 듯 들려왔다.

"미안해. 다 나 때문이야. 네 상실도 나 때문이고, 상운 씨의 상실도 나 때문이고…… 내 나쁜 생각이 다 그렇게 만들어 버린 거야."

"너 이러다 실수할까 겁난다."

"미안, 미안해. 근데 오늘은 나, 맘껏 실수해 버리고 싶었어. 맘껏…… 왜, 그러면 안 돼? 왜 안 되는데? 왜!"

그가 나를 침대에 눕혔다. 흐트러진 머리카락을 단정하게 쓸어 넘겨 준 그가 내 이마에 입을 맞추고는 방을 나갔다. 그가 사라지자 나는 창 쪽으로 몸을 비틀어 모로 누웠다. 창이 허락해 준 밤하늘이 직사각형 모양으로 검게 빛나고 있었다. 나는 밤하늘의 별을 바라보는 대신 손가락에 끼워진 북두칠성을 바라봤다. 눈을 감으면 일곱 개의 다이아몬드 별이 손가락 끝에 만져지는 반지였다. 단지 시샘이 났을 뿐이었다. 상운 씨와 세현이가 나눠 낀 이 커플링을 나도 가져 보고 싶어서, 보석 디자이너 친구를 찾아갔었다. 똑같이 만들어져 나온 반지가 처음엔 당황스러웠지만, 비로소 세현이와 커플링을 가지게 됐다는 사실만으로도 좋았다. 그땐 유아적이고 유치한 내 행동에 상운 씨가 받았을 상처 같은 건 눈에 보이지 않았다. 왜냐하면 나는 대단한 착각을 하고 있었기 때문이다. 내가 그 둘 사이에 끼어든 게 아니라, 상운 씨가 우리 둘 사이에 끼어든 거라는 착각.

그들은 사랑을 했다. 누구도 뭐라 할 수 없는 완벽한 사랑이었다. 그들은 자기들의 사랑을 들킬 걸 두려워했다. 그 사랑을 지킬 수 없을 걸 염려했다. 너무 사랑해서 고통스러워했고, 너무 사랑하기 때문에 슬퍼했다. 오직 둘만을 생각하고 싶었지만 그럴수록 다른 것들이 눈에 들어오기 시작했다. 그렇다고 다른 것들을 신경 쓰느라 그 감정을 놓치고 싶지는 않았다. 결국 이러지도 저러지도 못하다 한쪽은 결혼을 다른 한쪽은 죽음을 선택하게 된 것이었다. 그리고 내가 남았고 그가 남았다. 하지만 '우리'가 남은 건 아니었다.

다시 한 번 고백하지만, 나는 내가 갖고자 해서 가져 버린 것이 상운 씨에게 죽음이 될 줄은 몰랐다. 세현이가 나를 선택한 일이, 그러니까 우리의 결혼이 상운 씨에게 절망이 될 줄은 알지 못했던 것이다. 어쩔 수 없는 선택이 또 다른 어쩔 수 없는 선택으로 이어지던 날들이었다.

반지 위에 새겨진 일곱 개의 별이 형광등 불빛에 반짝거렸다. 창밖에서는 아직 파티를 끝내지 못한 사람들의 웃음소리가 들려왔다. 빨리 이 여름휴가가 끝나 버렸으면 좋겠다는 생각과 함께 두 눈을 질끈 감았다. 그리고 나는 눈앞에 나타난 그 어둠에게 아프게 말했다.

"그냥 다 죽어 버렸으면 좋겠어! 모두 다. 세현이 너도……나도……."

손경애

매미 울음소리에 눈을 떴다. 잠에서 깨어 보니 한낮이 되어 가고 있었다. 새벽 2시까지 이어진 어제의 바비큐 파티가 늦잠으로 이어진 것이었다. 맥주와 와인을 번갈아 마신 탓에 두통과 속쓰림이 찾아왔다. 얼마 만에 이런 숙취를 느껴보는지 모르겠다.

침대에서 일어나려는데 마음 한켠에 웅크리고 있던 께름칙한 무언가가 나를 붙들었다. 잠의 찌꺼기가 사라지고, 머릿속에 켜켜이 쌓여 있던 먼지가 거둬지자 어제 여자애가 떠올랐다. 아니, 취기 가득한 여자애의 말들이 떠올랐다. "설마요. '사람'이라고 그랬겠죠." "아무튼 어머닌 상운 씨에 대해 몰라도 너무 모르세요." "상운 씨가 그렇게 된 것도 죄송하고…… 우리들이 만나 친구가 된 것도 죄송하고…… 상운 씨를 이해해 주지 못한 것도 죄송하고…… 모두 다요." 대체 내가 우리 아들에 대해 뭘 모른다는 걸까? 하긴, 조은영이란 애에 대해 모르고 있었으니 다 안다고 볼 수는 없었다.

노크 소리가 났다. 방문 밖에서 남자애 목소리가 들려왔다. 일어나셨느냐는 남자애의 조심스런 물음에 침대에서 일어나 거실로 나갔다. 늦잠을 잔 게 민망해서 남자애에게 이렇게 말했다.

"나 너무 잤지?" 나는 헝클어진 머리를 매만졌다. "술도 오랜만에 하니까 힘드네."

"저희들도 방금 일어난 걸요. 숙취는 좀 어떠세요?"

나는 배를 쓸어내리며 대답했다. "두통에 속쓰림에 난리도 아니야."

"야키소바에 북엇국 좀 끓여 봤는데 어떨지 모르겠네요. 냉동실에 마침 북어포가 있어서요." 남자애가 멋쩍게 웃었다.

옷매무새를 정리하며 주방으로 걸어갔다. 식탁 앞에는 딸과 여자애가 나란히 앉아 있었다. 둘 다 막 잠에서 깨어난 듯한 몰골인 걸 보니, 저 정갈한 상차림은 남자애 혼자 준비한 모양이었다. 나는 감탄사와 함께 식탁 의자를 빼고 앉았다. 숙주를 비롯한 각종 야채와 해물이 들어간 야키소바는 아주 먹음직스러워 보였고, 무를 넣고 끓인 북엇국은 시원해 보였다.

내가 수저를 들자 다들 따라 들었다. 숙취 때문인지 남자애를 제외한 모두의 숟가락은 일제히 북엇국으로 향했다. 맛은 역시 예상한 그대로였다. 국물이 어찌나 시원하고 간이 잘 돼 있는지 계속해서 나는 국물만 떠먹었다. 딸과 여자애도 마찬가지였다. 이를 본 남자애가 자리에서 일어나더니 북엇국을 냄비째 식탁으로 옮겼다.

"어제 장 보면서 숙취 해소제도 사 올 걸 그랬나 봐요. 생각이 짧았네요." 국물 없이 건더기만 남아 버린 세 사람의 국그릇에 국물을 더 부어 주며 남자애가 말했다.

"무슨, 이보다 좋은 숙취 해소제가 어딨다고." 아예 나는 그릇째 국물을 들이켜고는 칭찬의 말을 이어 나갔다. "근데 북엇국 참 잘 끓였다. 세현이는 정말 못하는 게 뭐야?"

칭찬이 좀 쑥스러웠는지 남자애가 목덜미를 긁적였다. 일부러 칼칼하게 볶았다는 야키소바는 내 무료한 아침 입맛을 자극해 주었다. 매콤한 소스 덕분에 식욕이 되살아나자 기분까지 좋아졌다. 그런데 식사를 하는 내내 여자애가 내 눈치를 살핀다는 느낌이 들었다. 아마 어제 술기운에 뱉어 낸 자기 말들이 떠올라 그런 건지도 몰랐다. 궁금하고 찜찜한 걸 내버려 둘 수 없어서 여자애에게 말을 걸었다. 대화를 주고받다

보면 어제 여자애가 했던 말의 진의와 의도를 조금이나마 파악할 수 있을 터였다. 취중진담이라는 말이 괜히 있는 게 아니었다.

"수연이는 술이 들어가면 말이 많아지는 타입인가 봐?" 나는 슬쩍 여자애를 쳐다봤다.

여자애가 내 눈치를 살폈다. "어제 제가 무슨 실수라도……."

"아니." 나는 일단 고개를 가로저었다.

그때 딸이 끼어들었다. "언니 어제 엄청 울었는데, 기억 안 나요?"

"내가 그랬나? 어, 그랬던 것 같기도 하고……."

다시 내가 물었다. "뭐가 그렇게 죄송한지, 계속 죄송하다 그런 거 기억 안 나? 나보고 우리 아들에 대해 몰라도 너무 모른다고도 했잖아."

여자애가 시치미를 떼듯 말했다. "제가 그랬다고요?" 기억이 안 난다는 표정이었다.

하지만 정말 기억이 안 나는 것인지, 아니면 안 나는 척을 하는 것인지는 모를 일이었다.

나와 여자애 사이의 대화에 뭔가 불편함을 느낀 남자애가 끼어들었다. "어머니, 취해서 한 말을 뭘 그렇게 신경 쓰세요. 없는 말 만들어 내는 게 수연이 쟤 술버릇이에요." 그러고는 말을 돌렸다. "아, 상운이 아버님은 내일 들어오시는 거죠?"

어째 여자애보다 남자애가 더 이 대화에서 벗어나기를 원하는 것 같았다. "응, 그럴 거야."

8월 15일인 내일은 아들의 3주기였다. 자기 죽음마저 쉬는 날 기억해 달라는 뜻이었을까. 아들은 모두가 쉬는 날에 떠났다. 살아생전 원체 남에게 피해 주는 걸 싫어하던 아들이었다. 죽음의 날짜에도 그 사람의 성정이 배어드는 것인지……. 그나저나 분명 아들에 대해 내가 모르는 뭔가가 있는 것 같은데, 그게 대체 뭔지 모르겠다. 저 두 사람을 앉혀 놓고 추궁을 하면 뭐라도 나오려나? 상운이의 북두칠성 반지를 들이밀면서 말이다. 답답한 불안감이 명치끝으로 모여들고 있었다.

나는 야키소바와 북엇국을 번갈아 먹으며 아침식사를 끝냈다. 매미 울음소리가 귀에 거슬릴 정도로 날카롭게 파고들었다. 오늘은 나도 물놀이나 좀 해 볼까……. 마당의 수영장 물이 오늘따라 시원해 보여서 든 생각이었다.

권세현

30여 분간의 피아노 소리가 사라지고 첼로 소리가 들려왔다. 상희의 첼로 연주가 공기 속으로 밀도감 있게 퍼져 나갔다. 첼로의 중후한 선율은 몸의 감각을 나른하게 해 주었고,

긴장이 이완된 몸에서는 연방 하품이 쏟아져 나왔다.

수연이와 나는 선베드에 나란히 누워 상회의 방 창문 너머로 새어 나오는 연주 음악을 듣고 있었다.

"왜 나한테 아무 말 안 해?" 책을 읽고 있던 그녀가 몸을 내 쪽으로 돌려 모로 눕더니 나에게 물었다.

"무슨 말?" 알면서도 나는 그렇게 되물었다.

"어제 술 먹고 실수한 거…… 뭐라고 할 줄 알았더니 아무 말 안 해서……." 그녀가 곁눈질로 내 눈치를 살폈다.

"술이 실수한 거지 사람이 실수한 건가? 그리고 이미 지난 일이야." 그녀가 미안해하는 것 같아 나는 일부러 대수롭지 않게 말했다.

"근데 어머니가 뭔가 눈치챈 거 같단 말이야. 추궁해 오면 어떡해?" 그녀의 목소리가 속삭이듯 낮아졌다.

"그럴 일 없어." 그럴 일 없다며 말은 호기롭게 뱉어 냈지만, 신경이 쓰였는지 갑자기 내 몸에서는 열이 올라왔다. 물에 들어가고 싶어져서 선베드에서 일어나 비치가운을 벗었다.

"물에 들어가게?" 생리 때문에 물에 들어갈 수 없는 그녀가 아쉬움이 밴 목소리로 물었다.

"응."

"찾고 있는 건?"

"모르겠어. 그만 포기해야 하나 싶기도 하고……." 나는 그렇게 말하고는 다이빙을 해 물속으로 뛰어들었다.

참을 수 있을 때까지 숨을 참으며 잠영을 했다. 물을 좋아하는 상운이 때문인지 몰라도 물에 들어와 있으면 유독 상운이 생각이 났다.

숨이 차올라 물 밖으로 고개를 내밀었다. 몸에 힘을 뺀 나는 물을 베개처럼 베고 누웠다. 하늘에는 뭉게구름이 떠다녔고, 물과 하나가 된 내 몸은 깃털처럼 수면 위를 둥둥 떠다녔다. 상운이는 내 옆의 수연이에 대해 이해하면서도 이해하지 못했다. 그가 "사랑하지 않으면서 왜?"라고 물어왔을 때 나는 이렇게 대답했다. "수연이는 나를 사랑하고, 나는 그런 수연이가 필요하니까." "너무 이기적이란 생각은 안 들어? 수연 씨한텐 상처야. 그냥 도구일 뿐인 거잖아." "원래 우린 그렇게 시작했어. 하지만 나도 내 나름대로 사랑하려고 노력중이야. 사랑도 노력이고 연습인 거 넌 모르지? 애쓰면 돼." 말은 그렇게 했지만 감정이란 애쓴다고 되는 게 아니라는 걸, 나는 십수 년의 경험을 통해 잘 알고 있었다.

상운이는 안 그런 척하면서도 나와 수연이 사이를 예민하게 바라봤다. 내 입장과 처지를 누구보다 잘 이해하는 그였음에도, 자기는 한 사람의 인생을 착취해 가면서까지 스스로를 보호하고 싶지는 않다고 했다. "뭐, 착취?" "그래, 착취. 내 눈엔 착취로밖에 안 보여. 수연 씨 입장에서는 희생인 거고." 그래서 한번은 농담조로, 아니 반골 기질이 발동해서 "너도 여자 하나 만들어 보는 거 어때?"라고 했더니 그는, 또 하나의 거짓과 위장을 만들 자신이 없다며 이렇게 덧붙였다. "그리고 난 이미 널 알아 버렸는걸?" 그러니까 뒤늦게 내 세계로 뛰어든 그는 가장 순수한 자기감정을 가진 녀석이었던 것이다.

그런 그에게 내 결혼 계획을 알리는 일은 차마 못할 짓이었다. "집에서 잔소리가 시작됐어. 수연이랑 빨리 결혼하래." 집에서는 아주 오래전부터 나와 수연이의 결혼을 기다리고 있었고, 부모님과 두 여동생은 수연이를 며느리로 새언니로 여겨 온 지 오래였다. 어쩔 수 없다는 걸 알면서도 그는 꼭 해야 하냐며 나에게 처음으로 화를 냈다. "넌? 그런 넌 결혼 안 할 거야? 너도 집에서 재촉할 거 아니야?" 수많은 자기모순과 딜레마와 진퇴양난에 갇혀 있던 그는 내 반문에 아무런 응대를 못했다. 그게 우리의 현실이었다. 하지만 나는 결혼해서도 계속 그를 만날 생각이었다. 다른 여자도 아닌 수연이와의 결혼이었기에 가능한 얘기라고 여겼다. 그런데 그는 그건 아니라고 했다. "그럼 수연 씨는 뭐가 돼? 네 가정은? 혹시 태어날 네 자식들은?" "그럼 나보고 뭐 어쩌라고!" "……." "나보고 뭐 어쩌라는 거냐고!" 나 또한 그를 만나고 처음으로 화를 냈다. 아마 그때부터 그는 무너져 내리기 시작했던 것 같다.

숨을 깊이 들이마신 나는 다시 수면 아래로 고개를 집어넣었다. 첼로 소리가 귓속으로부터 멀어져 갔다. 음이 소거된 세상. 그곳에 닿으니 눈이 저절로 떠졌다. 수영장 속 수중 풍경이 너울거리는 물과 만나 신비스럽게 빛났다. 짙고 옅기가 다른, 하늘색 계열의 크고 작은 타일들이 마치 모자이크 예술처럼 보였다. 그가 사는 세상도 이렇게 아름다울까. 그랬으면 좋겠다.

숨이 끝까지 차오르자 물 밖으로 고개를 내밀었다. 하지만 그가 사는 세상은 이렇게 숨을 쉴 수 없는 곳이겠지 하는 생각이 들면 갑자기 저 물속이 두려워지기도 했다. 숨이 거칠어짐과 동시에 호흡이 가빠졌다. 나는 그만 수영을 끝내고 물 밖으로 올라갔다.

수건으로 젖은 머리를 말리며 몸에 비치가운을 걸쳤다. 선베드 위의 수연이는 읽고 있던 책으로 얼굴을 가린 채 잠이 들었다. 그녀의 잠을 깨울까 봐 가만히 그녀 옆에 누웠다. 내 가쁜 숨소리를 들은 그녀가 말했다. 책에 가려진 그녀의 목소리가 희미하게 들려왔다.

"넌 어쩜 숨소리마저 섹시하니?" 그 말끝에 그녀가 풋풋하게 웃었다.

"안 잤어?" 나는 수건으로 젖은 머리를 닦았다.

"볕이 좋다. 네 숨소리만큼이나." 잠이 밴 그녀의 목소리가 나른하게 들려왔다.

"그래, 볕이 좋다. 상희 첼로 연주도 좋고." 나는 선글라스를 쓰고 수영장의 출렁이는 물을 바라봤다.

선글라스를 통해 바라본 여름 색상은 마치 독일의 여름밤처럼 보였다. 상운이와 함께 거닐었던, 8월의 독일 밤과 그 해변이 떠올라 일부러 눈을 감아 버렸다.

한낮의 잠이 찾아왔다. 낮아진 체온이 숨을 거들었다.

손경애

드레스 룸으로 들어가 쪽빛 민무늬 수영복을 꺼내 입었다. 목과 등이 많이 파이지 않은 이 빌브레퀸 원피스 수영복은, 이 집으로 이사 와 맞은 첫 여름에 아들이 사 준 것이었다. 얼마 만에 입어 보는 것인지 모르겠다. 아들이 죽고 난 뒤로는 한 번도 저 수영장에 들어가 물놀이를 즐겨 본 적이 없으니 3년 만이지 싶다.

수영복 위에 비치가운을 걸치고 마당으로 나갔다. 혹시나 남자애와 여자애가 볼까 봐 신경이 쓰였었는데, 마침 그 둘은 선베드에 누워 잠을 자고 있었다. 여자애는 얼굴에 책을 덮은 채로, 남자애는 선글라스를 쓴 채로. 그래서 나는 비치가운을 벗어제치자마자 얼른 물속으로 들어갔다. 늙은이의 축 늘어진 살은 젊은 사람들에게 감출수록 좋았다.

물속으로 들어간 나는 조용히 유영을 즐겼다. 온몸이 시원
해지자 몸이 점점 가벼워지는 게 느껴졌다. 오랜만에 하는 수
영이라 몸이 물에 뜰까 걱정했는데 다행히 몸은 물을 알아
봤다. 나는, 쉼 없이 흘러나오는 딸의 첼로 연주에 맞춰 팔과
다리를 여유롭게 움직였다. 물의 품에 안긴 몸이 적요 속으
로 스며들었다. 잔잔한 물의 숨결을 따라 몸이 어딘가로 흐르
고 또 흘러갔다. 마음이 편안해졌다. 몸은 마치 몸의 겉피 속
에서 빠져나온 듯했고, 영혼만 남아 버린 내 몸뚱이는 죽음
을 닮아 가듯 허공을 부유했다. 몸이 죽음처럼 느껴지자 아
들 생각이 났다. 아들에게 닿아 있는 저 너머의 죽음도 이렇
게 편안한 것이라면 좋겠다.

나는 계속해서 팔다리를 천천히 휘저었다. 내내 뭉게구름
뒤에 가려져 있던 태양이 자신의 몸을 드러냈다. 햇볕이 강하
게 내리쬐는 탓인지 선베드 위의 여자애가 갑자기 몸을 뒤척
였다. 여자애의 뒤척임에 남자애도 뒤따라 몸을 뒤척거렸다.
두 사람 눈에 띌까 봐 나는 숨을 깊이 머금고는 얼른 물속으
로 숨어들었다. 온갖 소음이 사라진 물속 세상이 가장 먼저
귀에 와 닿았다. 아무 소리도 들리지 않으니 나도 모르게 저
절로 눈이 떠졌다. 너울거리는 물속 세상이 푸른 물빛으로 빛
났다. 물의 렌즈를 통해 바라본 수면 아래의 풍경은 굴절과

왜곡으로 어지럽게 흐물거리다 몽환적인 색채로 바뀌어 갔다. 그것은 짙고 옅기가 다른, 하늘색 계열의 크고 작은 타일들 때문이었다. 타일들은 회화 예술처럼 물속 곳곳을 아름답게 수놓고 있었다. 그때 수영장 내벽을 둘러싼 수많은 타일들 중에 들떠 있는 타일 하나가 눈으로 들어왔다. 수중에서 다르게 느껴지는 원근감 때문인가 싶었지만 그런 것 같지는 않았다.

숨이 차오르자 잠깐 물 밖으로 고개를 내밀었다. 벌써 이 집도 보수가 필요해질 나이에 이른 것일까. 하긴, 지어진 지만 7년이 가까워 오니 낡아 갈 때도 되긴 되었다.

숨을 깊이 들이마신 나는 다시 수면 아래로 고개를 집어넣었다. 그리고 들떠 있던 아까 그 타일 가까이 다가갔다. 직사각형 모양의 아주 옅은 하늘색 타일이었다. 그런데 그걸 잡아당기자 직육면체 모양의 시멘트 덩어리가 타일과 붙은 채로 빠져나오는 게 아닌가. 시멘트 덩어리는 책상 서랍처럼 속이 비어 있는 모양새였고, 그 안에는 뭔가가 들어 있었다. 나는 속으로 말했다. '뭐지?'

다시 숨이 차오르려 하고 있었다. 시멘트 서랍 안에 든 것은 진공 포장이 되어 있었다. 나는 일단 그것을 끄집어 들었다. 그런 다음 서랍을 닫듯, 타일이 붙은 시멘트 서랍을 제자리에 밀어 넣고는 얼른 물 위로 고개를 내밀었다. 목구멍까지 차오른 숨이 한꺼번에 터져 나왔다. 도대체 뭐지 싶었다. 수영장 내벽에 서랍이라니? 그리고 그 안에 숨겨진 이것은 또 뭐란 말인가. 너무 이상하고 이상해서 온몸에 불안감이 스쳐 왔다.

선베드에 누워 있는 두 사람을 등지고 선 나는 물 밖으로 그것을 들어 올렸다. 비닐 팩 안에 들어 있는 것은 절반으로 접힌 종이 뭉치였다. 진공 포장 덕에 안에는 물 한 방울 들어가지 않은 상태였다.

가쁜 숨을 몰아쉬며 수영장 밖으로 나갔다. 기진맥진해진 몸으로 바닥에 주저앉자 몸에서 흘러내린 물이 주변으로 서서히 퍼져 나갔다. 나는 그대로 자리에서 일어나 비치가운을 몸에 두르고 얼른 집 안으로 들어갔다. 서재로 들어갈까 하다가 머리카락과 몸에서 떨어지는 물 때문에 욕실로 들어가야 했다.

욕실 변기 뚜껑을 닫고 그 위에 앉았다. 수건으로 젖은 머리와 얼굴을 닦아 낸 다음, 진공 포장된 그것의 물기를 닦아 냈다. 그리고 칼집이 나 있는 부분을 찢었다. 절반으로 접힌 종이 뭉치를 꺼내 펼쳤다. 그것은 편지였다. 아주 두툼한 편지. 밀봉된 편지 봉투에는 '세현이에게……'라는 명확한 지칭과 함께 '너에게 쓰는 나의 처음이자 마지막 연애편지.'라고 쓰여 있었다. 글씨체는 분명 우리 아들, 상운이의 것이었다.

"이게, 이게 무슨……." 내 말들이 갈피를 잡지 못하고 사방으로 흩어졌다.

나는 생각하고 또 생각했다. 심하게 찌푸려진 내 이맛살이 느껴졌다. 등골이 서늘해지면서 입술이 파르르 떨려 오기 시작했다.

이상하고 은밀한 장소에서의 이상한 편지였다. 아니, 의문스러운 편지였다.

정수연

물소리와 가쁜 숨소리에 눈이 떠졌다. 나는 얼굴을 덮고 있던 책을 가슴께로 내려 소리 나는 쪽을 쳐다봤다. 물놀이를 끝내고 막 수영장 밖으로 올라오는 상운 씨 어머니가 보였다. 쪽빛 수영복을 입은 어머니가 기진맥진한 몸으로 바닥에 털썩 주저앉더니 이내 자리에서 일어났다. 어머니의 손에는 뭔가가 들려 있었는데, 너무 멀어서 정확히 확인할 수는 없었다.

나는 얼른 팔을 뻗어 옆 선베드에 누워 있는 세현이를 흔들어 깨웠다. 하지만 아쉽게도 그가 눈을 뜬 순간, 몸에 비치 가운을 걸친 어머니가 부리나케 집 안으로 들어가 버렸다.

"왜?" 내 쪽으로 고개를 돌린 그가 잠이 덜 깬 목소리로 물었다.

"방금 어머니 못 봤지?"

"어머니가 왜?" 그가 선글라스를 벗었다. 햇빛을 부셔하는 그의 눈이 나를 향했다.

"수영복 입으셨는데, 몸이 60대 몸이 아니야. 어쩜 저 나이에 저런 탄력이 가능하지?"

"난 또 뭐라고. 예전에 상운이한테 들었는데, 운동 열심히 하신다더라."

"상운 씨 어머니다우시네. 근데 저 나이 때 우린 어떻게 하고 있을까?" 갑자기 든 생각에 나도 모르게 나온 말이었다.

"……." 예상대로 그는 아무런 대답이 없었다.

그는 자신의 먼 미래에 대해 나와 얘기하는 걸 별로 좋아하지 않았다. 상운 씨의 죽음을 겪고 난 뒤로는 더 그랬다. 하지만 나는 종종 그와의 10년 뒤를 생각해 보고는 했다. 그와의 20년 뒤와 30년 뒤를 생각하다가, 그와의 죽음까지도 생각해 보고는 했었다. 그러다 보면 진짜로 그 머나먼 날들의 우리가 궁금해졌다. 거기엔 무엇이 있고, 누가 있을까. 우리는 어떤 시간의 옷을 입고 거기에 서 있게 될까. 그가 거기에 서 있다면 나도 거기에 서 있을 테지만, 까마득한 그날에도 아마 나는 그의 등을 바라보고 있을 것이다. 그를 닮은 아들과 그를 닮은 딸이 생긴다면 그나마 나에게 위로가 되려나……. 나와 함께 늙어 가게 될 그의 등. 그러기에 나의 미래는 어쩌면 지금이라는 생각도 들었다. 그의 전부였던 상운 씨가 그의 옆에 있든 없든 나는 여전히 그대로였으니, 앞으로도 나는 여전히 그대로일 것이다. 그리고 세현이 역시도. 그러니까 그와 나의 미래는 지금 여기에 있는 거나 마찬가지였다.

세현이가 다시 선글라스를 썼다. 나는 가슴께에 내려놨던 책을 펼쳐 잠이 훼방 놓은 독서를 다시 이어 나갔다. 햇빛에 반사된 활자들이 눈부시게 따가웠다.

근데 아까 그건 뭐였지? 저 수영장 물속에서 건져 들고 올라온, 어머니의 손에 들린 그것 말이다.

손경애

샤워를 할 정신 같은 건 없었다. 나는 수영복을 벗고 속옷과 겉옷을 갈아입었다.

상운이가 남자애한테 쓴 편지를 들고 서재로 들어갔다. 밀봉된 편지를 책상 위에 내려놓고 의자에 앉았다. 서랍을 열어 북두칠성이 새겨진 반지를 꺼내어 편지 옆에 나란히 올려놓았다. 나는 '세현이에게…… 너에게 쓰는 나의 처음이자 마지막 연애편지.'라는 문구를 하염없이 쳐다봤다. 아들의 필체가 분명했다. 알 수 있을 듯한, 혹은 알 수 없을 듯한 불안감이 내 온몸을 훑고 지나갔다. 거부하고 밀어내려 하면 할수록 내가 아는 조각들이 한 지점을 향해 모여들고 있다는 생각이 들었다. 그때 내 눈에 들어온 것은, 책상 한쪽 독서대에 세워진 니클라스 슐츠의 『수줍음』이었다. 아들이 마지막으로 번역을 권유해 온 책이었다. 그걸 보는 순간, 나도 모르게 내지르고 만 단말마의 비명에 나는 두 손으로 내 입을 틀어막아야 했다. 숨죽인 숨소리가 나에게 말을 걸어왔다. 나는 잠깐 눈을 감았다가 떴다. 지금 내가 할 수 있는 건 그것뿐인 것만 같았다.

책상에서 일어나 창가로 고개를 돌렸다. 선베드에 누워 있는 남자애와 여자애가 보였다. 도대체 저 두 사람은 누구지? 저들이 내 집에 온 진짜 이유는 뭐지? 사고로 죽은 아들이 왜 저 남자애한테 이런 편지를 남긴 거지? 그리고 서랍 같은 저 물속 비밀 공간은?

나는 편지와 반지를 집어 들고 당장 서재를 나섰다. 거실을 지나 마당으로 나갔다. 두 다리가 후들거렸다. 딸애 방 창문 너머로 생상스의 동물의 사육제 중 「백조」가 흘러나왔다. 내가 다가가자 남자애는 쓰고 있던 선글라스를 벗었고, 여자애는 읽고 있던 책에서 눈을 뗐다. 그들 앞에 멈춰 선 나는 그 둘을 향해 앞뒤 없이 물었다.

"너희들 누구니? 내 집에 온 이유가 뭐야?" 내 목소리가 가늘게 떨렸다.

남자애와 여자애가 의문스레 서로를 쳐다보며 선베드에서

일어났다. 두 사람의 눈이 동시에 나를 향했다. 그제서야 쌍꺼풀이 없는 남자애의 눈매가 보였다. 어제 여자애가 뱉어 낸, 취기 가득한 그 이상한 말들도 생각났다. 나는 남자애를 쳐다보며 다시 물었다. "너희들 누구냐니까?"

"……." 남자애는 말이 없었다.

이번엔 여자애를 향해 물었다. "나 찾아온 이유가 뭐야?"

"……." 여자애도 대답이 없었다.

그래서 나는, 아까 수영장 내벽에서 발견해 낸 그 편지를 남자애 앞으로 내밀었다. 편지를 받아 든 남자애의 동공이 불안하게 흔들렸다. 편지 봉투에 쓰인 문구를 읽어 나가는 남자애의 표정이 점점 굳어져 갔다.

권세현

어머니로부터 건네받은, 밀봉된 편지 봉투에는 '세현이에게……'라고 나를 지칭하는 고유명사와 함께 '너에게 쓰는 나의 처음이자 마지막 연애편지.'라고 쓰여 있었다. 필체는 한눈에 봐도 상운이의 것이었다. 그러니까 이 편지는 상운이가 나한테 쓴 손편지였다. 찰나적으로 이거구나 싶었다. 상운이가 나한테 남겼다는 그 선물이. 나는 어머니에게 물어야 했다.

"이걸 어디서……." 그러나 내 말끝은 흐려지고 말았다. 말을 꺼내 놓고 보니 지금 중요한 건 그게 아니라는 생각이 들었다.

어머니가 수영장 물속을 손으로 가리키며 대답했다. "수영장 내벽 서랍……." 어머니의 말도 끝이 흐려지고 말았다.

수영장 내벽 서랍이라니? 나는 무슨 뜻인지 이해할 수 없었다. 그때 어머니가 나를 향해 또 무언가를 건넸다. 망설이다 손을 내밀었다. 그러나 어긋난 타이밍으로 내 손으로 떨어져야 할 그것이 바닥으로 떨어지고 말았다. 바닥으로 떨어진 그것이 데굴데굴 굴러오더니 내 발 앞에 멈춰 섰다. 고개를 숙여 바닥을 내려다봤다. 반지였다. 북두칠성이 새겨진 상운이의 반지. 아니, 우리의 커플링. 하, 왜 저게 어머니 손에서 떨어진 것일까. 나는 수연이의 손가락에 끼워진 반지를 쳐다본 다음, 내 목에 걸린 목걸이를 얼른 손으로 움켜쥐었다. 할 수만 있다면 상운이와 수연이를 커플로 만들어 버리고 싶었지만, 늦어 버렸다. 어머니의 눈이 내 목에 와 있었다. 순간 나는, 저 물속 깊이 숨어들고 싶었다. 아무 소리도 들리지 않는 물의 세계로 침잠해 버리고 싶었다. 도망가고 싶었다. 그러다 영영 사라져 버릴 수 있다면 좋을 것 같았다.

8월 중순의 햇볕은 부끄러울 정도로 뜨거웠다. 어머니의 의심 가득한 시선이 나와 수연이를 번갈아 오갔다. 누구 하나 입을 열려고 하지 않자 침묵이 이어졌다. 우리의 그 침묵을 건드리고 있는 것은 상희의 방 창문 너머로 새어 나오는 첼로 연주였다. 눈치게임을 벌이기라도 하듯 말들이 유예되고 양보되어 가는 가운데 수연이가 긴 침묵을 깨고 입을 열었다. 그녀가 어머니를 향해 말했다.

"맞아요, 어머니." 말하는 그녀의 입술이 떨리고 있었다. "세현이는 태어나 한 번도 여자를…… 여자를 사랑해 본 적이 없어요." 그녀의 자존심이 무너져 내렸다. 그녀가 다시 말을 이었다. "그리고 상운 씨는……."

"그만!" 어머니가 계속되려는 그녀의 말을 막아 세웠다. 대신 우리를 향해 이렇게 물었다. "그럼 우리 상운이 차에 타고 있던 그 조은영이란 애는?"

어머니가 우리에게 조은영에 대한 납득을 요구해 왔다. 그 질문에 내포된 어머니의 의중은 '조은영이 있는데 지금 무슨 헛소리야?'라는 것이었다. 그러니까 어머니는 지금 우리에게 너희들이 틀렸다고 말해 주고 싶은 것이었다. 하지만 그것으로 수연이와 나는, 어머니의 모든 추궁에 긍정도 부정도 할 수 없는 상황에 맞닥뜨렸음을 직감했다.

나는 양손으로 얼굴을 감싸 쥐며 선베드에 털썩 주저앉았다. 안 되겠다 싶었는지 수연이가 발걸음을 옮겼다. 바닥에 떨어진 상운이의 반지를 주워 든 어머니는 휘청거리는 걸음걸이로 선베드에 가 앉았고, 멀어져 가는 그녀의 발소리는 집 안으로 이어졌다. 다시 집 밖으로 나온 그녀의 손에는 뭔가가 쥐어져 있었다. 강릉 우체국에서 상운이가 나한테 쓴 편지였다. 그녀를 말려야 했지만, 그러기에는 너무나 많은 정황과 의심들이 어머니를 괴롭히고 있었다.

그 편지가 어머니 손에 전달되려는 참이었다. 초조해진 나는 선베드에서 일어났다. 집게 손톱으로 엄지 손톱을 소리 나게 긁어 내렸다. 어떻게 해야 할지 알 수 없었다. 수치심에 그냥 어디로든 숨어 버리고 싶었다. 어머니를 바라볼 자신이 없어지자 내 눈은 수영장으로 옮겨 갔다. 빨리 나를 감춰야 했다. 나를 숨겨 줄 만한 데는 저기밖에 없다는 생각에 나는 잔잔한 물속으로 몸을 던지고 말았다. 깊이 들이마신 숨만큼 몸이 수면 아래로 침잠해 들어갔다.

물속에 숨어드니 어머니가 상운이의 편지를 발견해 낸 곳이 궁금해지기 시작했다. 그래서 눈을 떴다. 수영장 내벽에 있다는 그 서랍을 찾아내기 위해 손을 뻗어 내벽을 더듬었다. 더듬어 나간 끝에 들떠 있는 타일 하나가 만져졌다. 직사각형 모양의 아주 옅은 하늘색 타일이었는데, 그걸 잡아당기자 직육면체 모양의 시멘트 덩어리가 타일과 붙은 채로 빠져나왔다. 시멘트 덩어리는 책상 서랍처럼 속이 비어 있는 모양새였다.

그러고 보니 이제야 생각이 난다. 수영장이 시공될 당시였다. 수중 조명을 설치하기 위해 수영장 내벽에 직사각형 모양의 홈을 만들어야 했다. 그런데 시공업자의 착오와 실수로 수중 조명이 들어갈 자리가 하나 더 만들어져 버린 것이었다. 아름다운 밤의 수영장의 관건은, 조명과 조명 사이의 간격과 조명의 개수라서 여분의 홈을 막아야 했고, 저기가 바로 그 자리였던 것이다. 하지만 나는 잠깐 고개를 갸웃거려야 했다. 보수 방법이 이해가 가지 않았기 때문이다. 그냥 시멘트를 채워 넣은 다음 타일을 붙이면 되는 것을, 왜 저런 서랍식의 마감을 했는지 모를 일이었다.

나는 서랍을 닫듯, 타일이 붙은 시멘트 서랍을 제자리에 밀어 넣고는 물 위로 고개를 내밀었다. 가쁘게 몰아 쉰 숨 너머로 어머니가 보였다. 비밀을 알아 가는 어머니의 표정을 바라보기가 고통스러워 다시 물속으로 얼굴을 파묻고 말았다. 아무 소리도 들리지 않는 이곳에 영원히 갇혀 버리고 싶은 심정이었다.

부끄러웠다. 내 사랑이, 그리고 나란 사람이, 지금 이 순간 만큼은 한없이 부끄러웠다. 한편으로 죄스럽기도 했다. 상운이를 죽음에 이르게 한 게 나와 내 사랑일지도 모른다는 생각 때문에 나는 한없이 죄스럽고 또 죄스러웠다.

이대로 시간이, 내가, 우리가 사라져 버렸으면 좋겠다. 그래서 어제도 내일도 아예 없었던 것이라면 좋겠다.

손경애

입술 가장자리가 떨려 오더니 현기증으로 몸이 휘청거렸다. 바닥에 떨어진 아들의 반지를 주워 든 나는 넘어지지 않으려고 선베드에 가 앉았다.

다시 집 밖으로 나온 여자애의 손에는 뭔가가 쥐어져 있었다. 뭔지 모르지만 도망가고 싶었다. 그냥 회피하고 모른 척하고 싶었다. 모르는 게 차라리 나을지도 모를 일들이 저 여자애 손에 들려 있다는 예감이 들었다. 여기서 더 무슨 얘기를 들어야 하는 걸까. 내가 알아야 하는 게 무엇일까.

내 앞으로 다가온 여자애가 손에 쥔 그것을 내 무릎 위에 가만히 내려놓았다. 이게 뭐냐고 물었지만 여자애는 아무런 대답이 없었다. 저만치에서 여자애를 지켜보던 남자애가 초조한 몸짓으로 선베드에서 일어나더니 수영장 물속으로 모습을 감춰 버렸다. 남자애의 그런 행동에 나는 더 불안해졌다.

내 무릎 위에 놓인 것은 한 통의 편지였다. 우리 아들이 남자애한테 보낸 또 다른 편지. 나는 고개를 내저으며 중얼대듯 말했다. "별거 아니야. 별거 아닐 거야."

딸애 방 창문 너머로는 쇼스타코비치의 「첼로 소나타」가 흘러나오고 있었다. 한참을 망설이다 편지를 꺼내 펼쳤다. 아들의 필체가 분명해 보이는 글자들이 길게 나열돼 있었다. '놀랐지?'라는 말로 시작되는 편지였고, 곳곳에는 마른 눈물 자국들이 보였다. 눈물을 흘려야만 읽어 낼 수 있는 글이라는 의미인 걸까. 하지만 엄마이기에, 우리 아들의 에미이기에 나는 아들을 읽어 내야 했다.

눈이 행간을 따라 천천히 움직이기 시작했다. 딸의 첼로 연주는 계속되는 중이었고, 하늘의 뭉게구름은 또 다른 모양으로 변해 가고 있었다. 양손에 펼쳐 쥐어진 아들의 편지가 내 손과 함께 파르르 떨려왔다. '항우울제'라는 말이 보였다. '강릉 우체국'과 '강릉에서 처음 만난 조은영'과 '강릉의 국도', 그리고 '기다리는 죽음.' 아들의 마지막이 담긴 행적 위로 내 눈물방울이 점점이 떨어졌다. 거기에는 온통 낯설고 내가 모르는 문장들로 가득했다. 몰랐다. 몰라서 눈물이 났다. 부정하고 싶은 마음에 나는 계속해서 고개만 가로저었다.

편지 안에는 아들의 고통과 번뇌가 들어 있었다. 의심스러웠던 교통사고의 진실과, 저 두 사람이 우리 집을 찾아온 이유가 들어 있었고, 그날 아들이 마주해야 했던 수많은 감정들이 들어 있었다. 완벽해서 무너져 내린 아들이었다. 심한 결벽증으로 스스로를 참아 내지 못한 내 아들이었다.

아무리 애를 써도 숨이 가다듬어지지 않았다. 몰랐어야 했다. 그게 무엇이고 무엇이든 몰랐어야 했다. 할 수만 있다면 나는, 방금 아들의 편지를 읽어 내려 간 두 눈을 찔러 버리고 싶었다. 내 아들을 알아보지 못한, 이 청맹과니 같은 두 눈을 망가뜨리고 싶었다. 아무것도 볼 줄 몰랐던 이 쓸모없는 눈을. 바보 같은 눈을.

내 앞으로 다가온 여자애가 말했다. "상운 씨, 뒤늦게 알아 버린 자신에 대해 많이 혼란스러워 했어요." 여자애의 목소리에는 금세 눈물이 배어들었다. "힘들어 한다는 건 알고 있었지만, 약을 먹어야 할 정도로 심각한 줄은 저희도 몰랐어요." 고개를 돌린 여자애가 조용히 눈가를 훔쳤다.

내 앞에 놓인 시간들이 까맣게 변해 가고 있었다. 지금 나는 3년 전, 아들의 사고 소식을 듣던 날, 그날로 회귀해 가 버린 듯했다. 아니, 그날보다 지금이 더 아팠다. 그때는 몸이 다섯 개로 쪼개져 내렸다면, 지금은 몸이 열 개로 쪼개져 내린 기분이었다. 차라리 남아 있는 의문이 좋았다. 사라져 버린 의문으로 명확해진 이 슬픔을 나는 어떻게 다뤄야 할지 모르겠다. 어떻게……

아들의 편지와 반지를 들고 자리에서 일어났다. 집 안으로 들어간 나는 계단을 밟아 2층 아들 방으로 들어갔다. 방문을 걸어 잠그고 아들의 침대 위에 웅크리고 누웠다. 내 손과 내 팔이 울고, 내 어깨가 울었다. 내 심장과 내 생각과 내 현재가 울었다. 모든 '사이'에서 힘들었을 아들이 떠올랐다. 3년 전 8월 14일, 잠깐 바람 좀 쐬고 오겠다며 집을 나섰을 때 아들은 스스로 정해 버린 자신의 죽음과 함께 나에게 마지막 인사를 건 넸던 것이다. 목적지에 대한 얘기는 뒤로 한 채, 하루 정도 묵고 올 거라던 아들이었다. 그때의 아들 표정이 어땠는지 기억나지 않아서 더 억장이 무너졌다. 그 끝에 다다르는 동안 아들혼자 감내해야 했던 고독한 시간들이 떠올라 미안했다.

"엄마가 미안해……." 나는 아들의 베개에 얼굴을 파묻고는 아들에게 말했다. "몰라서 미안해…… 혼자 둬서 미안해……."

딸의 첼로 연주가 무겁게 무겁게 내 온몸을 내리눌렀다. 아들이 숨기고자 한 두 개의 진실이 내 온 생을 울리고 또 울렸다.

너무 가혹해서 차가워져 버린 여름이었다.

정수연

모두의 침묵으로 색이 무거워진 밤이었다.

나는 혼자 마당에 나와 있었다. 수영장 물에 두 발을 담그고 앉아 수중 조명이 뿜어 낸 빛들을 바라봤다. 빛이 투과된 밤의 물은 아름답기 그지없었다. 몇몇에게 비밀이 사라진 밤처럼 빛은 물을, 물은 빛을 드러냈다. 누구에겐 부끄러운 밤이었고, 누구에겐 고통스러운 밤이었고, 누구에겐 연민의 밤이었지만, 우리의 밤은 아무 말도 없었다.

어둠 속에서 발소리 하나가 다가왔다. 상희였다. 혼자 여기서 뭐하고 있느냐면서 상희가 내 옆에 와 앉아 발을 담갔다. 이렇게 같이 물에 발을 담그고 있으니 마치 자매가 된 것 같았다. 상희가 걱정스러운 목소리로 말했다.

"엄마가 계속 울어요." 고개를 옆으로 돌린 상희가 어머니 방에서 새어 나오는 불빛을 쳐다봤다. "원래 이맘때면 청소기 돌리다가 울고, 설거지하다가 울고, 번역하다가 울긴 하는데, 오늘은 이상하게 울음이 깊어요."

"시간과 상관없이 슬픔이 짙어질 때가 있더라." 나는 두 발을 흔들어 가볍게 물장구를 치며 상희에게 물었다. "상운 씨는 어떤 아들에 어떤 오빠였어?"

상희가 잠깐 생각에 잠겼다. "음, 엄마한테는 딸 같은 아들이었고, 저한테는 결혼하고 싶은 오빠였어요. 근데 오빠 같은 남자 만나는 거 힘들더라고요."

"예상했던 대로네." 나는 희미하게 웃었다.

상희가 나를 쳐다보며 물었다. "언니는 우리 오빠 안 좋아했어요?"

"아니." 나는 고개를 가로저었다. 그러나 곧 대답을 정정했다. "물론 인간적으로는 좋아했지. 바보 같게도 난 세현이 말고는 누굴 좋아해 본 적이 없어. 우습지?" 나는 옅은 한숨을 뱉어 내고는 한심한 웃음을 지어 보였다.

"진짜 바보네요. 지구상에 남자가 얼마나 많은데." 상희가 약 올리듯 말했다.

나는 상희의 말을 따라했다. "정말 그러네? 지구상에 남자가 얼마나 많은데." 한 인간을 향한 내 고집은 내가 생각해도 참 우스웠다.

상희가 나를 따라 가볍게 물장구를 쳤다. 내내 물속에 머물러 있던 상희의 눈이 내 손으로 옮겨 왔다. 갑자기 내 손을 덥석 잡아 쥐더니 상희가 말했다. "우와, 반지 예쁘네요!" 상희는 내 반지를 한 바퀴 돌려 보기까지 했다. "북두칠성이잖아? 나 북두칠성 진짜 좋아하는데."

그 말이 갖고 싶다는 말처럼 들려서 이렇게 말했다. "가질래? 줄까?"

"커플링 아니에요?"

"아니." 나는 손가락에서 뺀 반지를 수영장 물에 담가 씻은 다음 상희에게 건넸다.

정말로 주는 거냐면서, 반지를 받아 든 상희가 자신의 약지에 반지를 끼웠다. 다행히 손가락에 맞는 것 같았다. 기분이 좋아진 상희가 뭔가 할 말이 있는 듯 곁눈질로 자꾸 나를 쳐다봤다. 한참 꾸물대고 난 상희가 나를 향해 불쑥 뱉어 낸 말은 이것이었다.

"언니, 제 언니 돼 주면 안 돼요?"

"응?"

"어렸을 때부터 언니 있는 애들이 되게 부러웠거든요." 상희가 수줍게 웃었다.

"근데 왜 나야?"

"술 먹고 우는 사람 중에 나쁜 사람 없는 거 모르죠?" 상희가 이번엔 히죽히죽 장난스레 웃었다. "어제 언니 우는 거 보면서 결정했어요. 저 언니, 내 언니로 삼아야겠다고요."

"누구 맘대로? 그리고 나, 좋은 사람 아니야."

상희의 양쪽 눈썹이 시무룩하게 쳐졌다. 나는 푸웁 하고 웃어 보이고는 말했다. "그래, 까짓것 그러자. 나도 오빠만 둘이라 여동생이 필요했거든." 그리고 생각났다는 듯 덧붙여 말했다. "아, 언니 동생된 기념으로 내가 이 집에 감춰진 비밀 하나 가르쳐 줄까?"

"비밀?" 상희의 두 눈이 호기심으로 빛났다.

"너 이 수영장 안에 비밀스런 공간 있는 거 모르지? 서랍 같은 건데……."

"서랍?"

"아무튼 그런 게 있어. 나중에 수영하다 발견하게 될지 몰라. 혹 발견하게 되면 너도 거기에 소중한 걸 넣어 봐."

도대체 무슨 소린지 모르겠다는 표정을 지으며 상희가 환

한 물속을 들여다봤다. 다음에 저 물속 서랍에는 무엇이 담기게 될까? 다음에는 누가 누구에게 저기에다 비밀을 얘기하게 될까? 생각해 보면 참 동화 같은 하루였다. 물속에 쓰여진 편지라니……. 세현이는 상운 씨가 남긴, 처음이자 마지막 연애편지를 아직 뜯어 보지 못했다. 너무 궁금하기 때문에 열어 보는 걸 미루는 거라고 그는 설명했다. 기다리는 데서 오는 설렘을 오래오래 간직하고 싶은 것이었다.

나는 잠깐 고개를 들어 올려 밤하늘을 올려다봤다. 반지를 내어 주고 여동생을 얻은 밤. 밤하늘의 별빛과 물속의 불빛이 말을 걸어온 밤. 밤이 아름다운 이 양평에서의 밤도 오늘로 마지막이었다.

어디선가 귀뚜라미 우는 소리가 들려왔다.

손경애

자동차에서 내려 인천공항 입국장으로 들어섰다. 출국장보다 입국장이 더 사람들로 붐비는 걸 보니 여름휴가가 끝나 가기는 한 모양이었다.

수면 부족과 계속된 울음으로 내 눈은 퉁퉁 부어 있는 상태였다. 남편의 배웅을 위해 공항까지 운전해 가는 동안 나는 두 번이나 갓길에 차를 세워야 했다. 문득문득 울컥하면 눈물이 멈추질 않았다. 비밀이 해제된 뒤에 떠올린 과거의 행동과 말들이란 납득되고 이해되는 것이어서 더 짠하게 느껴졌다. 특히, 수영장이 딸린 삼층집이 설계되고 지어질 당시의 아들이 그러했다. 매일 뭔가 흥겨워 보이고 행복해 보여서 그때는 단순히 '집'이 아들을 그렇게 만든 줄로만 알았다. 그런데 그게 아니었던 것이다. 좋았던 만큼 아들은 얼마나 많은 불안과 혼란에 놓여 있어야 했을까. "근데 결혼 같은 거 꼭 해야 하나?" 언젠가 밥을 먹다 지나가는 말로 아들이 한 말이었다. 그때 아마 내 대답은 이랬을 것이다. "당연히 해야지. 우리 나이에 바랄 거라곤 이제 손주밖에 없다? 왜, 사귀는 애랑 별로니?" "아니, 그런 게 아니고. 요즘 하도 싱글라이프네 비혼이네 그러니까……." 아들 입에서 나온 가장 뜻밖의 말이어서 아직도 기억에 생생했다. 엄마, 이거 한번 번역해 보라며 니클라스 슐츠의 『수줍음』을 나에게 건넸을 때 아들이 했던 말도 생각났다. "참 끔찍한 시대였어. 야만과 혐오의 시대였고. 근데 지금이라고 다를까?" 아들의 말대로 정말 지금이라고 다를까 하는 의문이 들었다. 이제야, 이제서야…….

입국장 문이 열렸다. 귀국 인파 속으로 남편이 보였다. 남편 직원들은 마무리할 일이 남아 있어서 내일 귀국할 예정이라고 했다. 나를 향해 팔을 흔드는 남편을 보자 또 울컥울컥해졌다. 가까이 다가온 남편을 세게 끌어안았다.

"왜 이래? 그새 보고 싶었어?" 남편이 허허거리며 말했다.

"그냥, 그냥……." 남편 가슴으로 파고든 나는 깊은 한숨을 내쉬었다.

"어제 밤새 또 울었구만. 당신 눈, 통통 부었어."

"내년부터는 안 울 거니까 이번만 참아 줘요."

"나 좀 그만 놔주지? 나 땀내 심해." 남편이 또 한 번 허허거렸다. "참나, 창피하게. 사람들이 쳐다봐. 저 늙은이들 주책이라고."

나는 눈가를 훔치며 남편한테서 떨어져 나왔다. 얼른 남편의 짐 하나를 나눠 들고 공항 밖으로 나갔다. 그리고 남편에게 준비해 온 말을 했다.

"저기 여보, 상운이 방…… 우리 그만 정리해요."

"갑자기 왜?" 청소하러 아들 방에 들어갈 때마다 나에게 그만 정리하자던 남편인데, 오늘은 오히려 내 말에 아쉬운 표정을 지었다. 막상 정리하려니 남편도 좀 망설여지는 것이었다.

나는 다소 단호한 어조로 말했다. "오늘 3주기 끝내고 그렇게 하게요. 진작 했어야 했지 뭐."

잠깐 사이를 두고 남편이 입을 열었다. "그러든지. 그래, 잘 생각했어." 하지만 남편의 말과 표정은 여전히 다르게 움직이고 있었다.

차 트렁크에 남편의 짐을 실었다. 집에 들렀다가 씻고 갈 거냐고 물으니 남편이 고개를 내저으며 대답했다. "늦었는데 그냥 가지? 아들도 이해해 줄 거야."

차에 올라탄 우리는 아들의 묘지로 향했다. 딸과 남자애와 여자애는 먼저 가 있었다. 그런데 참 신기하게도, 하루 사이에 더위가 물러간 오늘의 여름 온도는 독일의 여름 온도와 비슷했다. 낮은 습도 덕에 더 그렇게 느껴지는 것 같았다. 오늘의 여름마저 아들의 죽음을 위로해 주고 싶었던 모양이라고 나는 속으로 생각했다.

남편은 아들을 만나러 가는 내내 아프리카에서 있었던 일들을 주저리주저리 늘어놓았다. 남편이 나에게 물었다. "당신은 나 없는 동안 뭐하고 지냈어?"

나는 한참 머뭇대다 대답했다. "누가 찾아와 줘서 잘 먹고 잘 놀았지."

"누구?" 남편이 고개를 돌려 나를 쳐다봤다.

"당신은 모르는 사람. 근데 곧 보게 될 사람." 나는 어제 이후 처음으로 입가에 미소를 지었고, 남편은 혼잣말처럼 이렇게 말했다.

"뭐라는 거야?" 남편의 표정이 어리둥절하게 변해 갔다.

나는 가속 페달을 밟았다.

권세현

상운이와 가장 가까운 사람들과의 추도식이 끝났다. 누군 가는 조금 울었고, 다른 누군가는 눈시울을 붉혔으며, 또 다 른 누군가는 어두운 표정을 지었다. 나는 눈시울을 붉힌 쪽이 었고, 수연이는 어두운 표정을 지은 쪽이었다.

어제까지만 해도 그렇게 악랄하게 굴던 여름이 오늘은 온 순해져 있었다. 습도까지 낮아서, 오늘의 여름은 상운이가 좋 아할 만한 여름이라는 생각이 들었다.

각자의 방식으로 애도를 끝낸 사람들은 삼삼오오 모여 담 소를 나누었다. 담배를 피우기도 하고, 소주를 나눠 마시기도 하면서 어제와 내일을 얘기하다 그를 추억했다. 수연이와 나 는 거기에 더 있기가 힘들어져 그만 돌아가기로 했다. 떠나려 는 우리를 보고 상운이 어머니가 다가왔다. 나는 왠지 퉁퉁 부은 어머니의 눈을 쳐다보기가 미안했다. 그래서 더 지금, 이 곳을 벗어나고 싶었다. 어머니가 말했다.

"고마워들." 어머니가 주머니에서 뭔가를 꺼내어 나에게 건 넸다. "세현이 거니까 세현이가 가져야지."

그것은 상운이의 반지였다. 나는 애써 지어 보인 미소와 함 께 어머니 보는 앞에서 목걸이를 풀었다. 그리고 상운이 반지 를 내 목걸이에 한데 끼웠다. 목에 거니 반지 두 개가 부딪쳐

달그락 소리를 냈다. 그런 나를 쳐다보는 어머니의 눈가가 촉촉이 젖어들었다. 앞으로 나는 이 달그락 소리를 들을 때마다 참 많은 걸 기억하게 될 거란 예감이 들었다. 어머니가 내 한쪽 손을 잡아 쥐며 말했다.

"고마워. 우리 아들 많이 좋아해 줘서." 방금 한 당신의 말을 정정이라도 하듯 어머니가 다시 덧붙였다. "아니, 많이 사랑해 줘서."

나는 잠깐 고개를 옆으로 돌렸다. 남아 있는 한쪽 손으로 눈가를 훔치며 말했다. "내년 어머니 환갑 때 또 찾아뵐게요." 자꾸 목이 메어 잔기침이 나왔다.

"그래, 그래. 근처에 올 일 있으면 언제든 집에 들러. 밥 차려 줄게." 어머니도 눈가를 훔쳤다. "꼭 갈 테니까 결혼 청첩장 보내 줘야 해?"

"그럼요." 나는 애써 밝게 웃어 보였다.

어머니의 손이 차가워서 왠지 더 눈물이 났다. 내 엄마도 모르는 나를 알게 된 상운이 어머니. 이제 나에게도 그런 엄마 하나가 생긴 것이었다. 나를 이야기할 수 있는 그런 엄마가.

하늘의 새털구름이 소리없이 흩어졌다.

손경애

남자애와 인사를 끝낸 나는 옆에 서 있는 여자애 쪽으로 다가갔다. 남자애만큼이나 짠한 여자애였다. 같은 여자이기에 저 쓸쓸한 선택이 마음 아팠다. 앞으로 여자애가 짊어지고 가야 할, 고독해서 미친 사랑이 안타까웠고, 가슴 한쪽에 비밀 하나를 파묻고 살아가야 할 나날들이 애처로웠다. 나는 여자애에게 물었다.

"한번 안아 봐도 될까?"

여자애가 흔쾌히 다가와 내 가슴에 얼굴을 파묻었다. 나는 여자애의 등을 가만가만 토닥여 주고는 깊은 숨을 내쉬었다. "짠해서 어째." 내 목소리가 떨려 왔다. "힘든 일 있으면 언제든 나 찾아와. 우리 둘은 이제 같은 비밀을 가졌으니까. 무슨 뜻인지 알지?"

"네. 다음에 가면 삼계탕 또 끓여 주세요." 포옹을 끝낸 여자애가 내 손을 잡아 쥐었다. "그땐 인삼이랑 대추도 다 먹을 거니까요." 여자애의 양쪽 입꼬리가 올라갔다.

여자애와 인사를 끝내자 남편과 딸애가 저만치에서 다가왔다. 남편이 그 둘을 향해 누구냐고 물었다. 그래서 나는 이렇게 대답했다. "앞으로 오래오래 날 찾아오게 될 손님들."

"그건 또 뭔 소리야?" 남편의 표정이 아까처럼 또 어리둥절해졌다.

뒤이어 끼어든 딸이 내 말을 반박했다. "아니야, 내 언니하고 오빠야."

이번엔 내 표정이 어리둥절하게 변했다. 그때 내 눈에 띈 것은 딸의 손에 끼워진, 북두칠성이 새겨진 반지였다. 대신 여자애의 손가락에는 반지를 뺀 하얀 자국만이 남아 있었다. 저 반지는 어떻게든 우리 집에 있어야 할 운명인가 보다.

나는 곧 보자는 말과 함께 그들을 그만 떠나보냈다. 멀어져가는 등이 저리 애처로울 수가 없었다. 그럼에도 나는 거기에서 위안을 받았다. 남자애에게 맡겨진, 아들의 유언과도 같은 부탁으로 나는 내 아들을 알게 되었고, 또 다른 아들을 얻게 되었으니 말이다. 그거면 됐지 싶었다.

그들의 등이 눈에서 완전히 사라지자 나는 아들의 납골묘 가까이 다가갔다. 아들 옆에 앉아 아들의 시선에서 내려다보이는 풍경을 오래오래 바라봤다. 애도의 시간을 거침으로써 셋이었던 우리 가족은 넷도 아닌 다섯이 된 것 같았다. 다섯 개의 모서리라니…… 한 개를 잃고 두 개를 얻었으면 그 또한 됐지 싶었다.

아들의 여름이 움직이고 있었다.

정수연

세현이와 나는 차에 올라탔다. 운전석에는 내가 앉기로 했다.

구불구불한 길을 천천히 운전해 달렸다. 한 번도 빼 본 적 없던 반지가 사라져서 손가락이 좀 허전했다. 그런데 허전한 것도 나쁘지 않은 것 같았다. 모든 건 결국엔 있다가 없어지는 거니까, 사라지는 것에 금방 익숙해질 줄 아는 것도 나를 위로하는 문법이라는 생각이 들었다.

나는 지나가는 풍경들을 바라보며 스무 살, 세현이와의 첫 만남을 떠올렸다. 그럴 때마다 나에게 던져 보는 질문은 "그때 그 쐐기벌레가 아니었다면 우리는 어떻게 됐을까?" 하는 것이었다. 언제나 그래 왔듯 내 대답은 오늘도 똑같았다. 그 쐐기벌레가 아니었더라도 우리는 어떻게든 만났을 거라고. 시기와 방식만 달라졌을 뿐, 그때처럼 나는 그와 만났을 거라고. 나는 앞뒤 맥락도 없이 그에게 물었다.

"그치?"

"응? 뭐가?" 그가 어리둥절한 눈으로 나를 쳐다봤다.

"그렇다고." 나는 아무런 설명 없이 그냥 그렇게만 말했다.

자리를 고쳐 앉은 그가 검정색 슈트 안주머니에서 편지를 꺼냈다. 상운 씨가 세현이에게 쓴, 처음이자 마지막 연애편지였다. 그가 밀봉된 봉투를 뜯어 편지를 꺼내 펼쳤다. 일곱 장에 걸친 장문의 자필 편지였다. 아껴 두고 미뤄 둔 편지인 만큼 그는, 아주 천천히 상운 씨의 문장을 읽어 내려갔다. 연애 편지를 읽는 사람의 표정은 어떨까, 궁금해진 나는 룸미러의 위치를 그쪽을 향해 살짝 비틀었다. 룸미러 안으로 그의 얼굴이 온전히 들어왔다.

연애의 문장은 그의 입가에 미소를 찾아 주었다. 그들은 여전히 연애 중이었고, 상운 씨는 아직 그의 연인이었다.

나는, 더 사랑하는 쪽이 진짜 사랑을 하고 있는 거라던 상운 씨 어머니의 말을 떠올리며 가속 페달을 밟았다. 하지만 그를 향한 내 가속 페달은 여기까지인 것 같았다. 한 남자를 이만큼이나 사랑해 봤으면 그걸로 됐지 싶었다.

희미해져 가는 여름이 있어서 다행이었다.

손경애

아들과 잠시 작별 인사를 나눈 우리는 양평 집으로 향했다. 아들의 가장 아름다웠던 연애 시절에 지어진 그 집으로. 비록 아들의 방은 곧 사라지겠지만, 나는 그 방에 들어갈 때마다 저 너머에서 하고 있을 아들의 연애를 응원할 생각이었다. 그리고 누구를 사랑하든 사람을 사랑한다는 건 그 자체만으로도 아름다운 것이라고 말해 줄 것이다. 그러니까 맘껏 사랑하고 또 사랑하라고.

차창 안으로 불어 들어온, 조금 시원해진 바람이 우리 세 식구의 오늘을 위로했다. 늦었지만 내년부터는 조은영한테도 가 볼 계획이다. 우리 아들의 마지막을 함께해 준 그 아이에게.

권세현

상운이는 이 편지를, 나에게 쓰는 처음이자 마지막 연애편 지라고 했다. 하지만 나 역시 연인으로부터 연애편지를 받아 보는 건 처음이었다. 처음은 처음이라는 사실 하나만으로도 두근대는 뭔가가 있었다. 하물며 그 첫 문장을 들여다보는 일 은 더 두근대는 것이었다.

상운이의 연애편지는 이 문장으로 시작하고 있었다.

내 처음에게

용케 이 편지를 찾아냈구나? 근데 내가 만든 물속 서랍은 어 땠어?

그때 내가 했던 말 기억나는지 모르겠다. 실수는 때로 비밀스런 공간을 만들어 낸다고 했던 말……. 그게 아마, 나하고 함께한 네 첫 번째 생일 파티였지? 술에 취한 목소리로 내가 다짜고짜 너한테 이렇게 말했잖아. "너 그거 모르지? 실수는 때로 비밀스런 공간을 만들어 낸다?" 그랬더니 세현이 네가 무슨 잠꼬대 같은 소리냐면서 나를 이상한 놈 쳐다보듯 했었잖아. 당연하게도 그때 너는 내 말을 그냥 흘려듣고 말았던 것 같아. 뭐, 내가 듣기에도 그 말은 잠꼬대처럼 들렸으니까.

수영장이 지어질 당시, 시공업자의 실수로 홈 하나가 더 만들어졌던 건 너도 아마 기억할 거야. 근데 나는 그 자리가 시멘트로 메꿔지는 게 좀 아깝다는 생각이 들더라. 그래서 시공업자에게 부탁을 했지. 거기를 서랍처럼 열고 닫을 수 있게 만들어 달라고 말이야. 물론 처음엔 난감해했는데…….

물속 서랍이 어떻게 만들어지게 되었는지로 시작된 그의 연애편지는 나를 웃음 짓게 했다. 첫 문장이 슬프지 않아서 좋았다. 그리고 그의 슬프지 않은 문장들은 그 뒤로도 계속 이어졌다. 나는 추억의 문장이 나타나면 그와 함께했던 나를 추억했고, 위로의 문장이 나오면 나는 그로부터 위로를 받았다. 감사와 연민, 그리고 사과의 문장을 지나 나타난 것은 내가 기다리던 사랑의 문장이었다.

잠깐 상운이의 편지에서 눈을 떼고 앞을 바라봤다. 구불구불한 길이 보였다. 고개를 옆으로 돌려 운전 중인 수연이를 쳐다봤다. 미안했고 미안할 사랑이었다. 그래서 나는 운전 중인 그녀의 오른쪽 손을 내 쪽으로 바짝 끌어당겨 깍지를 끼었다. 그런데 이내 그녀의 손이 내 손가락 사이에서 미끄러지듯 빠져나갔다. 나는 허허롭게 변해 버린 손을 한번 움켜쥐었다 펴고는 엄지손가락으로 내 손가락 끄트머리들을 하나하나 만지작댔다. 손끝이 내일의 우리를 예감했다. 우리의 오래된 페이지가 오래된 페이지로 남게 되리라는 게 그녀의 미끄러진 손에서 느껴졌다.

나는 다시 상운이의 연애편지로 시선을 옮겼다. 나를 기다리는 사랑의 문장이 나를 호흡했다. 나를 만지고 나를 그리워했다. 문장 안에 스며든 나와 그, 그리고 우리였다. 우리는 서로 사랑을 했다.

그가 없는, 네 번째 여름이 지나가고 있었다. 그와 닮은 여름이었다.

작가의 말

'보통'이라는 사전적 의미에 대해 생각해 본다.

평범한 것, 이상하지 않은 것, 자연스러운 것, 그리고 나와 별반 다르지 않은 것들에 대해서도 생각해 본다.

그러다 보면, 저 너머의 다른 것들이 떠오르게 된다.

나와는 조금 다른 세계, 그 세계를 들여다보고 상상해 보는 것은 편견과 갈등과 혐오와 수치와 경멸의 언어를 마주해야 하는 일인지도 모르겠다.

세상에는 오른손잡이가 있으면 왼손잡이가 있다.

검정색이 있으면 하얀색이 있고, 빨간색이 있으면 노란색이 있고 파란색이 있다. 저마다의 색들은 '저마다의 색'이 되고 '저마다의 역할'과 '저마다의 자리'가 된다.

오른손잡이인 나는 한때 왼손잡이가 되고 싶었다. 뭔가 달라 보인다는 이유에서였다. 어쩌면 그 불편함──어디까지나 내 기준에서의 불편함──이 왠지 고급스러워 보였던 것이리라.

하지만 오른손잡이로 태어난 나는 아무리 애를 써도 왼손잡이가 될 수 없었다. 아마 왼손잡이로 태어난 그 누군가도 오른손잡이가 될 수는 없을 터였다. 그러기에 왼손잡이는 왼손잡이로, 오른손잡이는 오른손잡이로 살아가야 한다. 그래야만 칼을 쥔 손들이 베이지 않을 것이기에 그래야 하는 것이다.

'보통'은 상대적 개념이다. 나의 보통이 당신의 보통이 될 수는 없다. 당신의 보통 역시 나의 보통이 될 수는 없을 것이다. 우리 모두는 소수인 동시에 다수이며, 다수인 동시에 소수이기도 하다. 모든 개인의 역사에는 어느 정도의 특수성과 어느 정도의 보편성이 내재돼 있으며, 우리는 다른 듯 같고, 같은 듯 또 다 다르다.

왜냐하면 우리 모두는 다른 생김새의 같은 한 인간이기 때문이다.

이상하다고 여겨지던 것들을 이상하지 않다고 생각하게 될 때, 변화는 찾아온다. 연민과 관용의 연대가 생겨난다면 그 움직임이 조금은 빨라지려나…….

그러니까 그들은 그냥 왼손잡이일 뿐이고, 나와 어떤 이들은 그냥 오른손잡이일 뿐인 것이다. 근데 그게 뭐가 문제인 거지?

2019년 여름을 지나면서

김희진

오늘의
젊은 작가
22

두 방문객

김희진 소설

1판 1쇄 펴냄 2019년 8월 23일
1판 5쇄 펴냄 2021년 9월 8일

지은이 김희진
발행인 박근섭·박상준
펴낸곳 (주)민음사

출판등록 1966. 5. 19. 제16-490호
주소 서울시 강남구 도산대로1길 62(신사동)
　　　강남출판문화센터 5층(06027)
대표전화 02-515-2000 | 팩시밀리 02-515-2007
홈페이지 www.minumsa.com

ⓒ김희진, 2019. Printed in Seoul, Korea

ISBN 978-89-374-7322-7 (04810)
ISBN 978-89-374-7300-5 (세트)